KB074813

너,

　뭐 먹고

　　살쪘니?

너, 뭐 먹고 살쪘니?

초판 1쇄 발행 2022년 2월 23일

글쓴이 김봄
펴낸이 김정한
디자인 전병준
펴낸곳 어마마마

출판등록 2010년 3월 19일 제 2010-000035호
주소 서울특별시 종로구 율곡로 191-1 디그낙빌딩 3층
문의 070-4213-5130 (편집) 02-725-5130 (팩스)
이메일 ermamama@gmail.com

ISBN 979-11-87361-16-9 03810

너,
뭐 먹고
살쪘니?

김봄 산문집

이불

아담에게

김봄 작가를 처음 만난 건 대학로의 막걸리 카페 '두두'에서였다. 누군가를 사적인 자리에서 처음 만났을 때 하하호호 웃고 떠들면 좋으련만, 우린 서로의 서먹함이 가시자마자 울기 시작했다. 저자의 전작인 『좌파 고양이를 부탁해』의 주인공 중 한 마리인 '아담'이 세상을 떠났다는 걸 알게 되었기 때문이다. 키보드 앞에 앉아 글을 쓰면 밤새도록 지켜 주곤 했던 아담 생각에 눈시울이 붉어진 그녀는 골뱅이 무침 한 접시가 비워질 때쯤 조금은 밝아진 얼굴로 말했다. "김치부침개 하나 주시는데요. 아주 얇게 부쳐주세요." 취향을 이야기하는 그녀의 말에, 하마터면 "겉은 바삭바삭하게요" 하고 덧붙여 추임새를 넣을 뻔했다.

분명히 음식에 관한 책을 썼다고 들었는데, 알고 보니 이 책은 자신의 삶을 써 내려간 이야기였다. 저자의 글을 읽으면서 나는 자연스럽게 가장 익숙한 향, 메밀 향을 떠올렸다. 아니 정확하게는 내 몸에 각인되었던 그 언젠가의 기억이 소환되었다.

남편과 단둘이서 손님을 기다리고 있던 어느 겨울날, 막국수를 만들기 위해 메밀을 가루로 만들고 반죽을 준비했다. 기다랗고 매끈한 반죽 한 덩이를 국수틀에 넣고 면 솥에 삶아내면 일곱 그릇의 국수가 나오는데, 그날은 단 한 그릇만 나갔을 뿐이었다. 우리 부부가 먹은 걸 제외해도 남은 반죽이 많았다. 남편이 주방을 정리할 동안 나는 남겨진 반죽을 비닐에 싸서 집으로 돌아왔다. 이걸로 정말 뭔가라도 하지 않으면 안될 것만 같았다.

메밀 반죽을 납작하게 잘라 유산지(베이킹에 주로 쓰이는 특수한 종이)를 깔고 오븐에 넣었다.

오븐의 온도가 올라가면서 집안 가득 처음 맡아보는 냄새가 진동을 했다. 그건 짙은 메밀 향이자 아이들을 키우려면 메밀 쿠키라도 만들어서 팔아야겠다는 절박함의 냄새였다. 초조함으로 오븐을 열자 뜨거운 돌덩이들이 쩍쩍 갈라진 채 줄지어 있었다. 늘 맛있는 빵과 과자가 구워지던 내 오븐에서 대체 무슨 일이 일어났던 것일까. 하지만 그 덕분에 나는 그 메밀 향을 누구보다도 잘 알아차리는 사람이 되었다. 비록 벽돌 메밀 쿠키를 팔지는 못했지만, 그 돌덩이들은 메밀 향 하나만은 확실히 내 안에 각인시켰다.

그 때문이었을까. 메밀로 만든 막국수로 인해 많은 사람들을 만날 수 있었다. 그분들은 막국수도 드셨지만 올 때마다 저마다의 사연을 가지고 오셨다. 아팠던 어린이 손님의 건강해진 모습을 보기도 했고, 결혼기념일에 파인 다이닝 레스토랑이 아닌 국숫집을 찾는 가족 덕분에 감격스러웠던 순간도 있었다. 물론 대기시간 때문에 크고 작은 언쟁들이 일어나기도 했지만.

손님의 표정을 살펴볼 여유를 갖게 되자, 사람들은 단지 허기를 메우려고 식당을 찾는 것이 아니라는 걸 알게 되었다. "그때 거기 참 좋았어." "우리 아버지를 모시고 가서 참 행복했어!" 사람들은 기억을 쌓고 일생의 추억을 만들기 위해 국숫집을 찾았다. 이곳에서 이루어지는 것은 단순한 식사가 아니라, 사람과 사람을 이어주는 만남이었다.

나는 그 만남이 좋아 사람들을 모이게 할 생각만 하며 지내왔다. 이런 진심이 손님들의 마음에 닿았던 것인지, 짙은 메밀 향은 조금씩 퍼져 메밀이 가장 신선한 계절에는 '햇메밀막국수 축제'를 열게 되었다. 내게 막국수는 그저 하나의 메뉴가 아니라 세상과 나를 이어주는 매개체였다.

아마도 출판사에서 질책을 받을 것 같다. 추천사를 쓰려다가 내 얘기만 죽 늘어놓고 말았다. 김봄 작가의 글은 늘 그렇다. 전작 때는 세상의 모든 손여사, 김여사, 박여사, 이여사 그리고 신여사(우리 엄마)를 소환하더니, 이번 책에서는 음식으로 주변의 사람을 돌아보게 만든다.

배를 부여잡고 웃다가도 때로는 먹먹해지는 만남과 헤어짐이 쉴새 없이 파도처럼 밀려들었다. 이 책을 끼고 있는 동안 늘 아무렇지도 않게 먹어 오던 음식이 사뭇 다르게 보였다. 그리고 자꾸만 사람들이 떠올랐다.

이 책에서 난 김봄 작가의 사람들을 만났지만 내 사람들도 함께 느낄 수 있었다. 마치 매 끼니 차려지는 밥상처럼 내 삶 속에 굳게 자리 잡은 사람들 말이다. 이 책을 읽다 보면 때로는 잊고 있었고 마음 한켠에 묻어둔 채 지내는 이들에 이르기까지, 내 삶을 거쳐간 모든 사람들이 저자의 모든 메뉴에 소환되는 놀라운 경험을 하게 된다.

이 이야기들은 작가의 기억이나 추억일 수 있지만, 나에게는 현재진행형이기도 하다.

이 책을 읽는 동안 포장해온 순대를 저자의 방에서 같이 먹는 상상을 하거나, 치킨은 끝날 때까지 끝난 게 아니라는 살림의 지혜를 배우며 키득거리기도 했다. 세상에서 가장 맛없지만 분명 맛있을 김밥도 먹고 싶었다. 어머니 없는 부엌에서 아버지가 성글게 싼 김밥을 맛본 그 형제마냥 황당한 표정을 짓고 싶었다. 한번도 못 뵈었지만 이 친근한 느낌은 무엇인지. 김봄 작가의 아버지가 닭 잡으시던 활기찬 모습, 생생한 그 시절처럼 쾌차하시길 진심으로 바란다.

책을 덮고 나니, 몽골로 떠난 첫 장면 속 저자의 '내 몸을 사랑한다'는 말이 '내 주변에 자리잡은 사람을 사랑한다'로

너, 뭐 먹고 살았니?

읽히게 된다. 독자인 나는 어느덧 내 사람을 떠올리며 카톡을 보내고 있다. 내 주변의 사람들이 먼저 떠오르지만 결국엔 혀끝에 침이 고이는 책이다. 단, 살이 찔 수도 있음에 주의.

김윤정
고기리막국수 대표

프롤로그

2012년 여름, 십여 명의 일행과 함께 몽골 여행을 다녀왔다. 옵션이 없는 푸르공(여행자들이 주로 찾는 승합차를 통칭하는 말) 두 대를 빌렸고, 눈이 밝은 몽골인 기사 둘과 통역사, 몽골 시인과 그의 딸까지 여정을 함께 했다. 오프로드를 달려 러시아 국경까지 다녀오는 일정 동안 하루 세끼 밥을 해 먹어야 했다. 아주 흔치 않게 사 먹는 경우도 있었지만, 그건 정말, 정말 손에 꼽을 정도였다. 눈을 뜨면 밥을 해야 했고, 치우고 나면 이동하고, 멈춰서 다시 밥을 하고, 다시 이동하고, 밥을 하고, 밥을 먹고 잠에 들었다. 그게 이동하는 동안의 온전한 일정이었다. 밥하다 죽은 귀신이 나한테 붙어 있을 줄 누가 알았나.

몽골 여행을 다녀온 사람들이 흔히 하는 이야기가 있다. 몽골의 대자연 앞에서 겸손해졌다고, 세상을 좀 더 광활한 곳으로 인식하고 돌아왔다고 말이다. 사소한 일들에 왜 그렇게 힘을 빼고 살았는지 반성하게 되었음은 물론, 좀 더 초연해지기로 했다며 삶을 달관한 태도로 여행기를 전해주기도 했다. 그런데, 나는 몽골을 여행하는 동안 그런 것을 느낄 겨를이 없었다.

문명이 완벽하게 소거된 오지 여행은 처음이라 적응하기도 힘들었고 총무를 맡아 돈 관리와 매끼 식사까지 신경 써야 했기에 감흥을 느낄 여유가 없었다. 무엇보다도 화장실 문제가 내 정신을 흔들어 놓았다. 그늘 하나, 풀숲 하나 없는 벌판에서 우산을 펼쳐 가린다고 뭐가 얼마나 가려질까. 일행이 푸르공 뒤에 있는 상황에서 엉덩이를 까고 볼일을 봐야 한다는 사실만으로도 나는 몸서리쳤다. 대자연 앞에 왔으면 도시 생활에 젖은 태도는 탁, 하고 내려놓았어야 했는데, 그게 되지 않았다.

그래서였는지, 나는 도통 먹을 수가 없었다.

가끔 사 먹는 현지 음식도 도무지 목 뒤로 넘길 수가 없었다. 비릿한 피 냄새가 가시지 않은 양이나 염소 요리는 손도 대지 못했다. 콤콤한 향이 나는 치즈나 마유도 마찬가지였다. 우리가 요리를 해 먹을 때도 그랬다. 시장에서 파는 고기를 사서 한국식으로 요리를 해도 한 입 밀어 넣기가 힘들었다. 하루 이틀 정도 지나면 적응이 되겠지. 아니 며칠만 더지나면 괜찮아지겠지. 그럴 줄 알았는데, 여행 마지막까지나는 제대로 먹지 못했다.

너, 뭐 먹고 살쪘니?

칭기즈칸 보드카를 남달리 사랑했던 선생님이 밥 먹는 자리에서 내게 자주 했던 말이다. 이렇게 잘 먹지를 못하는데, 도대체 뭘 먹고 그 몸을 만든 것이냐고, 궁금함과 의아함을 반반씩 섞어서 여러 번 물었다.

정말로 신기한 것은, 여행 내내 제대로 먹지 못했는데도 1kg의 체중도 빠지지 않았다는 것이다. 아예 안 먹은 건 아니지만 열흘 가량 제대로 먹지 못했다면 몸이 좀 축날 만도한데, 전혀 그렇지 않았다.

참으로도 옹골차게 들어차 있구나, 녀석들.

물론 지금까지도 옹골찬 녀석들은 변함없이 나를 보호하고 있다.

나는 누구보다도 살집이 두둑하게 잡히는 내 몸을 사랑한다. 살을 빼고 좀 가볍게 살아보고 싶었던 적도 있었지만 지금은 건강에 문제가 되지 않는 한, 있는 그대로 나를 받아들인다. 숨막히는 코르셋도, 와이어가 들어간 브래지어도 더이상 내 서랍장에 남아있지 않다. 나는 내 몸에 가해지는 가학적인 요구들을 이제 더는 하지 않는다. 있는 그대로, 내 몸이 원하는 방식대로 잘 먹고 잘 살기로 했다.

배가 좀 나오는 것 같으면 며칠 식단 조절을 하고, 일부러 빨리, 많이 걸으면 된다. 술 약속이 이어지면 이후에는 잠시 휴지기를 갖고 몸을 다시 정비하면 된다. 나의 만족을 최대한 끌어올리면서 내 삶을 있는 그대로 유지하는 방법, 사실 그게 별 건가 말이다.

무엇보다도 나는 먹고 싶은 음식을 참고 살기에 식탐이 너무 많다. 스트레스가 밀려오면 당이 확 당기는 것도 참을 수가 없다. 뇌에서 보내는 신호를 부정하거나 거부하기엔 지나치게 나약하다. 얼마나 강한 신호를 보내는지 아는 사람만 알 것이다. 당장 당을 때려 넣지 않으면 그대로 졸도해버릴 것만 같은 초조함과 말할 수 없을 만큼 산만해짐을 말이다.

필요하다면, 보충해줘야 한다.

대단한 정성과 사랑보다, 치즈 케이크 한 조각이 훨씬 더 큰 위로가 될 때가 있다. 배가 불러올 때 상승하는 체온 덕분에 나른한 엑스터시를 느끼는 것이 세상에 더없는 행복이 될 때가 있다. 단물이 흥건한 멜론을 머금을 때 입 안 가득 들어차는 단맛의 풍성함을 아는가. 정수리까지 찌르르한 오르가슴에 잠시 눈앞이 아득해지기도 한다.

그러니 음식을 끊으면서 살 수가 없다.

그런 바탕 위에

이즈음 나는 내가 뭘 먹고 살이 쪘을까 생각하게 되었다. 몸에 대한 반성이 아니다. 기억을 들추는 일이며, 누군가를 추억하는 일이다. 내 몸의 역사를 반추하는 작업이었다.
내 몸이 나보다 더 정직했기에 가능한 일이었다.

너, 뭐 먹고 살았니?

    살이 오른 내 몸을 찬양했던 연인도, 음식을 두고 환호했던 순간도, 울컥 솟구치는 감정을 다잡던 기억들도 되살아났다.

    그랬다. 나는 음식을 먹고 살만 찐 게 아니었다.

    나는, 내가 살찔 수밖에 없을 만큼, 행복하게, 더러는 가슴 저리게 몸과 마음을 채웠던 음식들에 대한 보고서를 써보는 것도 괜찮을 것 같다는 생각을 하기에 이르렀다. 그런 기억을 떠올리는 것만으로도 혀끝에 침이 고였다.

차례

추천의 글 6

프롤로그 12

- -

나를 키운 건 8할이 라면이었다 라면   21

인생라면   27

다시마는 언제나 옳다 다시마 피클   35

달아났던 입맛 되살리는 망고 처트니   42

부처님 오신 날, 나도 왔다 생일날 미역국   52

터미네이터에게 보내는 러브레터 돈가스   58

허한 마음을 채워줬던 KFC 비스킷과 콜라   68

살고 싶을 때마다 순대를 먹네 속이 꽉 찬 순대   76

떡볶이와 고백은 패키지가 될 수 없어 떡볶이와 야끼만두   85

누구나 닭에 대한 추억 하나쯤은 가지고 산닭!   90

닭 한 마리는 꽤 여럿을 든든하게 한닭!   96

세상에서 가장 맛없는 김밥 그래서 더 그리운 그때의 아버지   106

설탕 듬뿍 뿌린 양푼 딸기는 추억 속으로   111

저 밑에 가라앉은 검은 기억 짜장면   114

'생'이 아닌 '숨'을 삼키는 맛 주꾸미   129

돼지는 죄가 없다 삼겹살   137

아오리를 먹는 오후 사과를 이야기하는 시간   142

레터스독과 그날의 언니 그리고 미완의 봄   148

- -

사랑했던 나의 빵들과 헤어져야 할 시간   158

비비지 않는 비빔밥   163

니들이 골뱅이 맛을 알아? 골뱅이무침   168

잡내 없는 돼지뼈찜   176

직접 만들어 먹는 식후땡! 플레인 요구르트   179

봄은 참외 한가득 여름을 좋아해   184

호주에서 물 건너온 영양제   191

그 여름의 프랑스 언니들 그리고 막국수   203

아삭아삭 복숭아 여름의 맛 1   214

새콤아삭 침이 고인다 여름의 맛 2   217

슬프게 배부른 막걸리   220

가을비 촉촉하게 내리는 날에는 채소 부침개   227

마지막 인사를 나누는 자리에는 언제나, 육개장   231

당신은 나의 연예인 급식과 급체 사이   241

조금은 넘쳐도 괜찮아, 결혼식이라면   252

에필로그 258
작가의 말 262

나를 키운 건
8할이 라면이었다
라면

아주 보통의 끼니

어린 시절, 라면은 내 삶에 착 달라붙어 있었다. 먹을 게
곤궁했던 시절이었고, 맞벌이를 하는 부모님 덕분에 우리 오
남매는 나름의 방식대로 끼니를 해결해야 할 때가 많았다.
엄마가 주고 간 얼마간의 돈으로는 대단한 걸 사 먹을 수도
없었기에 대체로 우리는 라면을 사 끓여 먹었다. 시장통에는
10원부터 50원까지 다양한 가격의 라면을 좌판에 내놓고
파는 가게들이 즐비했고, 우리들은 머릿속 주판을 튕겨가며
그중 좀 더 싼 라면을 사고 남은 돈으로 먹고 싶었던 빵이
나 과자 같은 주전부리를 사 먹곤 했었다. 나와 두 살, 네 살
터울의 언니들은 깻잎 부침개나 호박 부침개 같은 것도 자

주 해주었다. 프라이팬을 다루는 솜씨나 뒤집개를 움직이는 손놀림이 어설프긴 했지만 동생들을 먹이기 위해 불가에서 열을 올리는 그 마음만은 진심이었다. 열 살이 좀 넘은 어린 언니들의 모습이라 엄마가 없던 시간과 공간을 꽉 채워주었던, 그 진심은 아직도 내게 너무 크게 남아 있다.

부동산 붐이 일면서 나의 부모님도 그 덕을 좀 보았다. 투자의 귀재라서가 아니었다. 그냥 서울에서 살았기 때문에 그런 기회가 왔던 것이었다. '벼락부자', '졸부'와 같은 말이 있을 정도로 어느 날 갑자기 시세차익으로 부를 얻은 이들이 많았다. 모두에게 공평했던 것은 아니었지만 지금처럼 '희망'이란 말이 환상처럼 들리던 때는 아니었으니까. 하룻밤 자고 나면 한 뼘씩 뻗어나간 호박 덩굴을 직접 목격하는 것처럼 생생한 성장의 순간을 매일 목도하던 시절이었고 부모님은 큰 고민과 실패 없이 그 기회 속으로 스며들어 갔다.

부모님은 세주던 집을 헐어 새집을 올렸다. 건축업자는 동네에서 철물점을 하던 장 씨 아저씨였다. 초등학교 6학년이었던 나는 몇 가지 이유로 장 씨 아저씨를 전문가가 아니라고 쉽게 판단했었다. 내가 머릿속에 그리던 건축가는 확

　　　　　　　　　　너, 뭐 먹고 살쪘니?

실히 아니었다. 그리고 그건 집이 다 지어지고 더 명확해졌다. 하자보수 때문에 엄마는 매일 시름에 잠겨 있지 않으면, 누군가와 목소리를 높여 싸워야 했다. 누수가 제일 심한 문제였는데, 집을 다시 짓기 전에는 끝이 나지 않을 것 같았다. 좀 보태서 말하자면, 집을 짓는 것만큼 하자보수 하는데 돈이 들어갔다.

어쨌든, 새집으로 이사를 들어오고 나서부터 우리 형제들은 라면으로 끼니를 때우지 않게 되었다. 엄마는 집에 용량이 큰 냉장고를 들였고, 우유를 배달시켜 오 남매가 골고루 먹을 수 있게 했다. 그 이후부터는 오히려 차려놓은 밥을 안 먹고 라면을 찾아 먹기 시작했다. 끼니였던 라면이 기호식품으로 변한 것이다. 일주일 내내 라면만 먹던 남동생이 변비에 걸려 고생을 하기도 했었는데, 엄마는 남동생이 몸으로 증명해 보인 라면의 유해성을 몇 번이고 되뇌곤 했었다. 우리가 라면으로 내내 끼니를 때우던 때를 전혀 몰랐던 사람처럼.

엄마는 꽤 오랫동안 집들이를 했다. 우리를 먹이려고 준비할 때보다 더 정성스럽게 요리를 해서 친목계 회원들을 맞았다. 고스톱을 치는 모습도 보이곤 했는데, 바른생활 소녀였 던 나는 그 판에 뛰어 들어가 하지 말라고 울상을 짓기도 했 었다. 어른들의 놀이라고 생각해도 될 것을, 화투놀이 자체 를 퇴폐와 타락으로 해석하고는 고통스러워 했다. 시장통에 사는 친구의 엄마가 고스톱을 치다가 집을 나간 것을 알고 있어서 그랬다. 친구들이 수군대던 것을 들어서 더 그랬다. 그런 엄마의 모습을 상상하는 것만으로도 너무 끔찍했다.

폭식주의자는 라면을 좋아하지

간단히 먹던 라면을 또 미친 듯이 먹을 때가 있었다. 나는 꽤 오랫동안 여러 학교를 다녔다. 내 삶의 3분의 2 이상을 학교에 적을 두고 지냈다. 스물한 살 때부터 등록금은 내 손 으로 벌었고, 그 외 용돈도 그랬다. 경제적으로 완벽하게 독 립한 것은 아니었지만, 나는 스스로 살아가기 위해 늘 열심 히 살아야 했다.

서른이 넘은 시점에도 나는 학교를 다니면서 학원에 강의 를 나가는가 하면, 교열 알바를 하기도 했다. 산다는 건 너 무 치열하고 숨막히는 일이기도 해서 가끔 나는 내 부지런 함이 잘못된 방향으로 흘러가게 될까 두려웠다. 다행히 그

너, 뭐 먹고 살쪘니?

런 일은 일어나지 않았지만, 나는 그즈음부터 급격하게 살이 오르기 시작했다.

라면 때문이었다.

스트레스를 받은 날이면 탄수화물이, 그것도 라면이 당기는데 어떻게 막을 방법이 없었다. 뇌의 호소가 너무나 적극적으로 나를 흔들었다. 하필 그때 내가 살던 건물 1층에는 편의점이 있었다(인디안이 있던 건물이었다! - 떡볶이 편 참조). 냉장고 문을 여는 것만큼 나는 자주 편의점에 들렀다. 라면을 사면서 맥주도 사고, 맥주를 사면서 오징어(오징어는 싫다고 하면서도)도 샀다. 마트에 가서 장을 볼 때도 혼자 사는 사람이 먹는 양이라고는 도저히 믿기지 않을 만큼 많은 양의 음식을 사 왔다. 그렇게 해야 속이 풀리던 때였다.

라면은 어쩌다 한 번 끓여 먹는 간편식이 아니었다. 한 번 들어올 때 왕창 뱃속으로 몰려들어 왔다가 오래도록 내 몸에 머물렀다. 나는 국물 없는 비빔면이나 짜장라면을 좋아했는데, 한 개를 끓이면 언제나 부족했다. 두 개를 끓이면 그런대로 만족스러웠다. 하지만 정말 머리가 핑 돌 정도로 스트레스를 받은 날이면, 계속 하나씩 더 끓여서 먹었다. 앉은 자리에서 4개까지 먹은 적도 있었다. 배가 터질 것처럼 빵빵해지고, 머릿속이 하얗게 흐려질 때 잠이 드는 게 좋았다. 그렇게 고민도, 분노도 잠시 내려놓고 잠에 빠져드는 데 익숙해져 갔다.

결국, 옹기종기 들어앉은 살들로 내 몸은 튼실해졌고 나는 역류성 식도염을 얻었다.

라면에 대한 글을 쓰면서 오래간만에 라면을 끓였다. 시금치와 바라 깻잎을 함께 넣어 끓인 라면. 달걀까지 알차게 넣었다.

이런, 넘쳤다.

세상에서 제일 어려운 게 라면 물 맞추는 일이다.

너, 뭐 먹고 살쪘니?

인생라면

서럽고 고달팠던 시절 내 속을 채워준 라면. 뱃속도, 마음
도 든든했지만, 라면을 몰아 먹던 시절부터 나는 역류성 식
도염을 달고 살게 되었다. 물론 라면은 죄가 없다.

규칙적이지 않은 식사, 폭식, 소화되기 전에 눕는 습관, 그
리고 술. 나열하기도 창피할 정도로, 이래도 역류성 식도염에
안 걸려? 싶을 정도로 몸을 소중히 다루지 않았다. 삼십 대
까지만 해도 술을 잘 들이켜는 것에 꽤 자부심을 가지고 있
기도 했는데, 그건 흉터 같기도, 훈장 같기도 했다. 그리고
그 흉터와 훈장은 아주 정직하게, 고스란히 내 몸에 남았다.

더 이상 몸을 망칠 수가 없었던 나는 애꿎은 라면을 끊었다. 대단한 각오나 결심이 라면을 끊게 만든 건 아니었다. 내 몸이 라면을 거부하기 시작했다. 실제로 '먹히지'가 않았다. 몸의 호소였다. 나는 나이가 들어가면서 내 몸의 호소에 귀를 기울일 수밖에 없었는데, 그건 너무 적나라하게 증상으로 드러나기 때문이었다.

　그렇게 라면을 먹지 않고 지낸 지 3년 정도 되었을 때였다. 당시 나는 한국예술종합학교의 졸업을 앞둔 상황이었다. 소설가가 되고 싶었는데, 신춘문예에도, 문예지 공모에도 당선되지 못한 채였다. 몇 번 운 좋게 최종심에 올라 단평을 받기도 했지만 더 이상의 진척은 없었다. 공부를 새로 하면 될까 싶어 다시 학교에 들어간 것이었는데, 역시나 한계에 다다른 것인가 싶었다.

　포기하고 싶지 않았기 때문에, 포기하지 않는 방법을 찾고 싶었다. 계속 글을 쓰면서 살고 싶었고, 글을 쓰는 사람으로 남고 싶었다. 해왔던 것처럼 그냥 계속 쓰면 되는 것이었는데, 그렇게 간단하게 정리되지 않았다. 될지 안 될지도 모르는 꿈을 위해서 몇 년을 더 헐어내기엔 내 나이가 너무 많게 느껴졌다. 삼십 대 중반이었으니까. 해왔던 것처럼 무작정 밀어붙이는 것도 힘들었다. 최초에 다시 학교에 가자고 마음을 먹었던 동력이 거의 소멸된 상태였다. 초심으로 돌아가는 것은, 초심이 남아 있을 때나 가능한 일이니까.

나는 제주에 내려갔다. 게스트하우스에 묵으면서 무작정 올레길을 걸었다. 11월 바람 찬 올레길에는 사람이 거의 없었다. 나는 매일 홀로 바람 한가운데를 걸으며 지나온 시간을 아쉬워했고 앞으로의 시간을 어떻게 보내야 할지 고민했다.

길 위에도 답은 없었다. 12월에도, 1월에도 나는 그냥 걷기만 하고 돌아왔다. 한라산에 오르고 싶었지만 매번 오르지 못했다. 홀로 오른다는 건 너무 막연하고 두려운 일이었다.

2월 졸업을 앞둔 설 명절 연휴에 나는 또 제주에 갔다. 정말 마지막이라고 생각하고 간 것이었다. 그때 묵었던 게스트하우스에는 젊은 스텝들이 많았고, 그보다 많은, 젊은 손님들이 있었다. 나는 그들과 커피와 맥주를 마시며 일반적이고 익명적인 대화를 나눴다. 그중에서 8인용 도미토리에서 만난 세 명의 친구들과는 조금 가까워졌는데 나보다 좀 어린 친구들이었지만 격 없이 나를 대해주어 마음이 편했다.

그리고 그들과 함께 한라산에 오르기로 했다. 폭설이 지나간 다음날이었다. 나는 제주 블랙야크 대리점에서 아이젠과 스패츠를 사둔 터였다. 우리 네 명이 한라산에 가겠다고하니 게스트하우스 사장님은 차로 한라산 입구까지 데려다주겠다고 했다. 우리는 승합차를 타고 눈이 덜 치워진 길을달려 영실 입구로 향했다.

하지만 생각보다 눈이 많이 내린 후라 도로 상태가 좋지않았다. 중산간 근처에서 승합차의 타이어가 헛돌기 시작했다. 모두가 차 밖으로 나와야 했다.

어쩌면 당연하고 사소한 사건이었는데, 나는 내 인생 전체를 대입해 비관했다. 뭐가 안 되려니까 이렇게 일이 꼬이는가 보다 싶었다.

그런데! 바로 그때, 지나던 차 한 대가 우리 앞에 멈춰 섰다. 보기에도 튼튼해 보이는, 체인을 감은 차였다.

그리고, 운전석 문이 열렸다. 문을 열고 얼굴을 내보인 아저씨는 선뜻 영실 입구까지 우리를 데려다주겠노라고 했다.

자기는 근처 파출소 순경이며, 지금 딸 졸업식에 참석하기 위해 가는 길이었다며, 조금 늦어도 괜찮다고 웃어 보였다.

그래서 우리는 무사히 영실 입구에 다다랐다. 가희라는 친구는 원래 산을 자주 탄다고 했었는데, 실제로 지치지 않고 우리 모두를 잘 이끌었다. 사방 천지가 눈으로 뒤덮인 한라산을, 허리까지 잠길 정도로 내 다리가 폭폭 빠지는 산길을 오르고 올라, 우리는 백록담 아래 대피소에 당도했다.

나는 눈이 멀 것처럼 부신 눈 속에 몸을 던져 숨을 골랐다.

그래 이거면 됐다.

나는 여한이 없었다.

그리고, 나는 나를 포기하지 않고 데려와준 일행들에게 감사의 인사로 라면을 샀다. 대피소에서 파는 라면은 육개장 용기면이었다. 용기에서 피어오른 김인지, 입김인지 모를 운무가 가득한 산 위에서 우리는 덜 익은 면을 아삭거리며 국물 한 방울 남기지 않고 다 먹어 치웠다.

3년 만에 먹는 것이라서 그런지, 오르고자 했던 한라산에 올라서 그런지, 눈빛이 너무 환해서 그런지, 생각지도 못한 귀인의 도움을 받아서인지, 나는 무척이나 행복했다. 말할 수 없을 정도로.

내 인생에서 가장 맛있었던 라면은 단연코 한라산에서 먹었던 라면이다.

산에서 내려와 나는 서울로 돌아왔다. 그리고 글 쓰며 사는 삶을 깨끗이 포기했다. 작은 교습소 같은 걸 차려서 학생들을 가르치며 살아야겠다고 마음을 먹은 상태였다.

그런데, 뜻하지 않게 한 통의 전화를 받았다. 민음사 대표에게서 온 전화였다. 나는 민음사 신인상 공모에 원고를 보낸 것조차 잊고 있었다.

김봄 작가님 전화 맞죠?

심장이 터질 것처럼 뛰기 시작했고, 깨끗이 포기했던 마음들이 순식간에 불꽃처럼 되살아났다.

그래, 나는 오랫동안 작가가 되고 싶었어.

이걸 부정한다면 나는 너무 많은 시간들을 내 삶에서 도려내야 했다. 그렇게 되면 나는 내가 아니게 될 것이다.

어쩌면 내 인생에서 그 전화는 참 공교롭게 나를 다시 흔들어놓은 사건인지도 모른다. 하지만 나는 대단한 작가가 되기보다는 '작가'가 되기로 했던 것이었고, 아주 오랫동안 작가가 되고 싶었던 만큼, 앞으로 작가로 살아갈 수 있는 첫번째 관문을 통과한 것이었기에 나는 또 다른 뭔가를 할 수 있게 되었다.

그리고 지금까지도 나는 '작가'로 살아가고 있다. 쓰지 않으면 안 되는 강박을 가지고 말이다.

오랜만에 육개장 용기면을 먹었다. 한라산에서 느꼈던 짜릿하고 톡 쏘는 맛은 없다. 면은 쫄깃하지도 않았고 맛은 더

강하게 느껴졌다. 짜고 매운맛이 강화된 것인가? 적응이 안
됐다. 하지만 추억만큼은 어쩔 수가 없다. 뚜껑을 열자 김이
올랐고 추억이 활활 타올랐다.

다시마는
언제나 옳다
다시마 피클

평생 변비에 걸려본 적이 없다. 그렇다고 늘 장이 편했던 건 아니다. 나는 자주 체하거나 배탈이 나는 편이다. 나는 특히 물에 사는 생물들을 먹을 때 탈이 잘 난다. 이른바 물갈이를 하는 것이다. 다른 사람들은 다음날에야 배탈이 났다고 하는데, 나는 먹자마자 곧바로 탈이 난다. 그래서 여름에는 수산물을 먹을 때 신경을 쓸 수밖에 없다.

내 몸의 민감도가 내 몸이 생긴 모양과는 너무나도 반비례하는지라 사람들은 가끔 나의 성격을 문제삼곤 한다. 조금은 억울한 마음이 없진 않지만, 민감도 역시 나의 성격이라 생각하면 또 할 말이 없어진다. 몸도, 마음도 솔직한 것은 사실이니까.

나는 스물네 살에 첫 대장 내시경을 했다. 어느 날, 하혈을 하는 것처럼 변기에 선홍색 피를 쏟았다. 겁쟁이였던 나는 피를 보자마자 덜컥 겁에 질려 버리고 말았다. 사실 그 당시 나는 극도로 심한 스트레스 상태이긴 했다. 그런데 그게 똥꼬에 집중될 줄은 몰랐다. 병원에 갔더니 장 내시경을 해야 한다고 했다. 태어나 처음으로 약을 탄 4리터 물을 마시고 장을 비워냈다. 말간 물이 나올 때까지 화장실을 들락거렸고, 내시경을 받으러 병원에 갈 즈음에는 거의 탈진 상태가 되어 있었다.

당시 의사 선생님은 나보다 열 살 정도가 많아 보이는 선생님이었다. 선생님의 차분하고 담담한 태도가 호들갑스러웠던 나를 이상하게 안심시켰다. 선생님 왈, 변비 때문에 장 끝이 찢어져 피가 나왔던 거라고 했다. 변비라니! 내 생애 있을 수 없는 단어라고 생각했다. 나도 모르게 변비에 걸렸던 것이라니, 믿을 수가 없었다. 물론 지금은 변비의 종류가 다양하다는 것을 알게 됐지만, 그 당시만 해도 규칙적으로 화장실을 가지 못하는 것만을 변비라고 생각했더랬다.

너, 뭐 먹고 살쪘니?

20년이 더 지난 지금도 그날이 강렬하게 기억이 나는 이유는 다른 데 있었다. 선생님이 덧붙여 한 말 때문이었다. 선생님은 자신은 이렇게 깨끗한 장은 또 처음 본다며, 내시경을 마친 소감을 역시 담담하게 말해주었는데, 나는 그 '깨끗'이라는 단어가 주는 신선하고 순수한 이미지만을 아주 감격스럽게 받아들이면서 그간의 하혈과 내시경을 위해 감내했던 통증과 불편함들을 지워냈다. 내가 그런 생각에 빠져 있거나 말거나, 선생님은 내시경을 잘 보기 위해 배에 가스를 넣었는데, 그게 좀 불편할 수도 있을 거라고도 말해주었다. 나는 부풀어 오른 배 안의 가스를 빼느라 또다시 화장실을 여러 번 드나들어야 했다. 혼자 있는 화장실 안이었지만, 시시식 새는 소리가 그렇게 부끄러울 수가 없었다.

두 번째 내시경은 스물일곱 살 때 했다. 위염 때문에 병원에 갔다가 장내시경까지 함께 받기로 예약을 하고 말았다. 위내시경이야 좀 굶으면 되는 일이었지만, 장내시경은 또 4리터 물을 마셔야 했다. 한 번의 경험이 있었지만 여전히 고통스럽고 힘들었다. 위 상태가 안 좋으니, 계속 토하기를 반복했다. 이러다 장이 비워지는 게 아니라 위가 뒤집어지겠다 싶을 정도였다. 그래도 시간은 흘렀고, 나는 엉덩이가 터진

환자복을 입고 베드에 누웠다.

그런데! 내 또래의 젊은 남자 의사 세 명이 달라붙어 담당 선생님을 보조하는 게 아닌가. 목욕탕에서 같은 반 남자애를 만난 기분이 이럴까. 아니, 그보다 더 당황스러웠다. 내가 당황하고 있는 가운데 담당 선생님이 들어와 내 옆에 앉았다. 한 냥은 족히 되어 보이는 금팔찌와 금목걸이를 한 선생님은 나를 자신의 제자 다루듯 했다. 선생님은 나를 '아그야, 아그야' 하며 불렀는데, 그게 친근하다기보다 약간은 공포스럽게 들려왔다. 사무적이고 담담하게 진행될 내시경 시술일 줄 알았는데, 나는 민망함과 쪽팔림 가운데서, 내 '깨끗'한 장을 담당 선생님 한 명이 아니라, 다수에게 내보이게 될 운명에 처해 있었다.

비극적이게도 장은 깨끗하지도 않았다. 선생님은 '아그야, 왜 이렇게 똥이 많냐?' 라며 나를 은근히 놀렸고, 나는 내시경이 훑고 가는 내 구불구불한 장 속을 쳐다봤다. 그리고 튜브 같은 장 속을 출렁거리는 물들을 바라보고 눈을 질끈 감아 버렸다.

금붙이를 좋아하는 선생님은 툭툭 말을 던지듯 내시경을

진행했지만, 배에 가스를 많이 넣지는 않았다. 그래서 내시경이 끝난 후에도 배에 가스가 거의 남아 있지 않았다. 속이 더부룩하지 않은 건 정말 다행이었다.

위내시경을 할 때에는 눈물을 쏟으며 견뎠는데, 역시나 내또래의 수련의 셋이 쪼르륵 내 팔을 잡고서 위로의 말을 한마디씩 건네주었다. 전혀 위로가 되지 않았던 건, 그들이 이미 내 똥꼬를 본 후였기 때문이었다.

이후에도 나는 몇 번의 내시경을 했다. 삼십 대에는 위내시경과 장내시경을 다시 했었는데, 그때 장에서 두 개의 용종을 발견했다. 다행히 아무 이상이 없긴 했는데, 그 때문에나는 1년 반 동안 술을 끊었더랬다. 술을 끊으니, 피부가 좋아지고, 잠도 잘 왔다. 불필요한 만남도 굳이 가질 필요가없으니 책도 많이 읽었고, 글도 많이 썼다. 운동도 해서 살도많이 뺐다. 그런데 삶이 건조했다, 너무나도.

1년 반이 지나고 다시 내시경을 했을 때, 장이 '깨끗'하다는 말을 들었다. 결과를 듣고 나서 나는 시원하게 맥주를마셨다. 목이 탁, 트였고 왠지 내 삶이 촉촉해지는 기분이 들었다.

파스퇴르 광고에서 말했던 황금색 변을 매일 보는 것은 큰 축복이다. 축복이 너무 자주 내리면 그건 축복으로 인식도 못하겠지만.

대장 내에는 수많은 균이 살고 있는데, 유익균과 유해균이 어느 정도 균형을 맞춰가면서 우리 몸의 면역력을 조절한단다. 그래서 대장에 문제가 생긴 사람들에게 건강한 변의 균을 이식하는 치료법도 있다고 한다. 병원 생활을 오래 한 환자들은 항생제를 너무 많이 투여받기 때문에, 장내 균들이 거의 다 사멸하고 마는데, 그래서 병을 이겨내기가 더 어렵게 되는 아이러니컬한 상황에 놓이게 된다고 한다.

있을 때 잘해!
이건 어디든 안 통하는 데가 없다.

나는 장이 예민한 신호를 보낼 때마다 다시마 피클을 만들어 먹는다. 효과는 직빵이다. 깨끗이 씻은 다시마에 레몬, 식초, 설탕, 소금 그리고 생수를 넣는다. 상온에 반나절을 둔

너, 뭐 먹고 살쪘니?

후, 냉장고에 넣어두고 조금씩 꺼내 먹는다. 다시마가 내 몸을 돌고 돌아, 벗어날 때까지 잘 부탁하는 마음으로 야미야미!

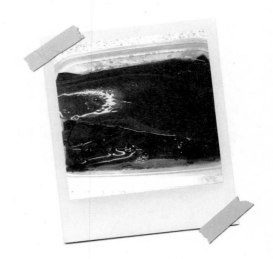

달아났던 입맛
되살리는
망고 처트니

망고라는 열대 과일을 알게 된 후 한동안 망고에 빠져 지냈다. 망고 음료를 자주 마시기도 했다. 그러다 바비큐 모임을 통해서 망고 처트니를 알게 됐다. 세상에 이런 것도 있구나, 싶었는데 점점 맛에 끌렸다. 몇 번 사 먹다가 나중에는 아예 만들어 먹기에 이르렀다. 망고 처트니가 용량에 비해 많이 비싸서였는데 내 식대로 만드는 것도 결코 들어가는 비용이 적지는 않았다. 일단 망고가 비싸니까.

처트니는 우리가 익히 알고 있는 과일잼에 향신료를 가미한 것인데 과일 베이스에 여러 가지 향신료가 가미되다 보니, 단 것은 물론 다양한 향과 맛이 코와 입을 자극한다. 평

너, 뭐 먹고 살았니?

생 입맛이 달아난 적은 없었지만, 이것만큼 식욕을 당기게 하는 음식은 없는 것 같다. 이 글을 쓰는 중에도 혀끝으로 침이 고이니 말이다.

나는 망고에 양파, 건포도, 건고추, 씨겨자 그리고 소금과 후추를 조금 넣고 끓여 망고 처트니를 만든다. 설탕을 넣는 게 일반적인데, 건포도로 대체하고 소금도 아주 조금만 넣는다. 그렇게 만든 망고 처트니는 잼처럼 빵에 발라 먹어도 맛있지만 고기에 곁들여 먹어도 좋다. 나는 채소 볶음에도 곁들여 먹었는데, 달큼하고 알싸한 맛이 일품이었다.

2017년도에는 좀 많이 만들어 지인들에게 나눠주기도 했는데 선물로도 참 괜찮았다.

생애 첫 인도 여행

나는 2019년 1월, 한국과 인도 정부의 문화교류 일환 중 하나인 작가 교류 프로그램을 통해 인도에 한 달 동안 체류했었다.

인도로 여행을 떠나볼 생각은 많이 해봤지만 번번이 포기했던 것은 내 몸이 겉보기와는 다르게 너무 민감해서였다.

물갈이에 잘 걸리는 데다 먹는 게 안 맞으면 도통 먹지를 못하니까. 그러니 너 뭐 먹고 살쪘니 소리를 듣는다.

나라에서 뽑아준 덕분에 나는 한 달간, 안전하게 체류할 수 있는 공간을 얻게 되었다. 바로 벵갈루루에 있는 자문 Jamun 레지던스였다. 이전에 이 프로그램으로 인도에 갔던 다른 작가들은 체류기간 동안 인도 곳곳으로 여행을 다니기도 했다는데, 나는 엄두가 나지 않았다. 그런 나였지만 인도에 와 있는 한국인들을 만나고 싶은 마음은 컸다. 한 달이나 인도에 체류하는데, 여행지 순회는 못하더라도 벵갈루루 한 곳에만 있다가 오는 것은 왠지 아쉬웠다.

향신료처럼, 뜨거운 갈채

나는 출국 전에 뉴델리에 있는 한국문화원으로 메일을 보냈다. 어린이부터 성인에 이르기까지 다양한 강의를 할 수 있으니 자리를 마련해줄 수는 없는지 문의했다. 다행히 메일을 읽은 담당자는 곧바로 연락을 해왔다. 그리고 나는 체류기간 중에 뉴델리에 있는 한국문화원으로 날아가서 강의를 하기로 했다. 한국어를 배우는 인도 학생들은 물론 한글학교를 다니고 있는 초등학생들과 현지 국제학교를 다니고 있던 중고등학생들을 대상으로 총 3일 간 다섯 개의 강의를 하기로 했다.

주 인도 한국문화원에서 한국어를 배우는 160여 명에 달하는 인도 학생들이 내 수업을 듣기 위해 자리했다. 번역해 갔던 단편소설 「아오리를 먹는 오후」의 내용에 대해서도 많은 질문을 받았다. 책을 출간하고 이렇게 큰 자리를 가져본 적도, 직접 독자에게 소설에 대해 질문을 받은 적도 없었는데, 한국에서도 하지 못했던 소설에 대한 이야기를 인도에서 하게 되었다. 소설에 나오는 화자에 대한 질문을 한 남학생은 커다란 눈을 깜빡이며 내가 이런 흐름의 소설을 착안하게 된 이유를 알고 싶다고 했다. 나는 입이 없는 존재들에게 입을 주고 싶었고, 그런 이유로 이 화자를 선택했다고 말했다. 그게 바로 소설이 할 수 있는 일이라고 말이다. 내 대답 끝에 질문을 했던 학생이 일어나 박수를 보내줬다. 옆에 앉았던 친구들도 하나둘 일어났고, 나는 인도 뉴델리의 한 복판에서 내 소설을 향한 뜨거운 갈채를 받았다. 기립 박수라니! 잠시 먹먹했고, 이내 가슴이 뜨거워졌다.

법륜 스님과의 몇 번의 스침, 그리고 마주침

처음 인천에서 인도행 비행기를 탔을 때, 법륜스님을 뵈었었다. 비슷하게 비행기에서 내렸고, 나란히 걸었고, 또 나란히 출입국 심사를 받았다. 한 번도 직접 뵌 적 없던 분이었지만 인사를 드리고 싶어 고개를 숙여 인사를 드렸다. 그리고 나는 벵갈루루행 국내선을 타기 위해 이동했다. 스님은 일행들과 함께 다른 곳으로 바삐 움직이셨다. 그런데, 꼭 20일 만에 인도문화원에서 다시 뵙게 되었다. 인도 여정의 마지막 순서로 '즉문즉설' 강연을 하러 오신 것이었는데, 내가 강의를 하기로 했던 일정과 같은 날이었다. 나는 강의를 마치고 곧장 벵갈루루로 올 수 있었지만, 즉문즉설을 듣고 다음날 벵갈루루로 오는 여정을 선택했다.

즉문즉설을 마치고 문화원장님께서는 마련해주신 저녁 자리에 나란히 앉아 함께 식사도 하고 사진도 찍었다. 짧은 스침이었지만, 두세 번 반복되니, 이런 게 인연이 아닐까 하는 생각을 하게 되었다.

식사는 문화원 2층에 있는 한국 식당에서 했다. 나는 뉴델리에 있는 동안 이곳에서 주로 식사를 했더랬다. 인도 물가 기준으로는 비싼 가격이었지만, 한국 가격과 비교하면 비

너, 뭐 먹고 살았니?

교적 저렴하고 맛있었다. 달콤 얼큰한 떡볶이와 제육덮밥, 오징어덮밥은 물론 팥앙금이 살아 있는 빙수까지. 한국의 맛 그대로였다.

인도의 색과 빛, 그리고 향

강연을 마치고 다시 자문 레지던스로 돌아온 나는 재래시장에 가고 싶다는 뜻을 내비쳤고, 매니저였던 자일즈는 다른 작가들과 함께 시장 가는 일정을 잡아주었다. 체류작가 네 명과 마침 나를 방문했던 친구 소은과 자일즈와 그의 남편 유베어 이렇게 일곱 명이 전철을 타고 벵갈루루 최대의 재래시장 크리슈나 라젠드라(통상 KR마켓이라 부른다)로 향했다.

어느 나라 시장이나 다 그렇겠지만, 시장 입구부터 왁자하니 시끄러웠다. 우리는 먼저 과일시장부터 걸어 들어가서 꽃시장을 둘러봤다.

시장 곳곳에는 눈이 부실 정도로 환한, 비비드한 컬러의 향신료들이 가득했다. 눈으로 보는 것만으로도 넋이 나갈 정도였다.

나와 미국에서 온 브렌다는 이것저것을 많이 샀다. 인도

전통 미술의 하나인 랑골리를 표상한 스티커와 그림 틀도 샀다. 우리는 시장을 돌고 돌아 면과 실크 등등을 파는 패브릭 전문점으로 향했다. 우리 둘 다 인도의 값싸고 질 좋은 패브릭에 푹 빠져 있었기 때문이었다. 그곳에서 나는 언제 입을지도 모르는 사리를 하나 샀다. 브렌다는 커튼으로 쓰겠다며 언제나처럼 빅쇼퍼의 면모를 보여주었다. 작가들끼리는 미국의 브렌다가 인도 경제를 일으키는 큰 손이라는 농담을 하기도 했는데, 그건 아주 틀린 말은 아니었다. 한 술 더 떠서, 영국인인 자일즈는 자기가 그 사이에서 커미션을 먹는다는 농담을 던졌다. 우리는 브렌다가 사리를 고르는 걸 기다리며 이런 농담으로 시간을 보냈다.

벵갈 시인이었던 쇼우빅은 혼자서 돌아도 괜찮다며 아내 선물을 사러 잠시 사라졌다. 그런데, 어디까지 간 것인지 한참을 기다려도 오지 않았다. 메시지를 남기고 전화도 걸어봤지만, 감감무소식이었다. 한참만에 연락이 닿은 쇼우빅은 길을 잃었다고 했다. 인도인이 길을 잃은 마당에 우리는 우리가 어디에 있는지 어떻게 설명한단 말인가? 그래서 우선 시장을 빠져나가기로 했다. 우리는 릭샤를 나눠 타고 근방의 고급 타운으로 이동했다. 큰 길가에 있는 식당에 들어가서 그곳 위치를 쇼우빅에게 보내주고 식사를 하기로 했다.

매니저인 자일즈가 특유의 영국식 억양을 살려서 말했다. "쇼우빅 혼자 인도인인데, 길을 잃었어. 우린 다 외국인인데 길을 잘 찾고." 자일즈가 어깨를 으쓱해 보였다. 나는 이런 게 삶의 아이러니 아니겠냐고 말했다. 우리는 브렌다가 일으킨 인도 경제와 인도인이면서 인도에서 길을 잃은 쇼우빅에 대한 이야기를 한참 더 했다.

거의 식사를 마쳤을 때, 쇼우빅이 나타났다. 우리는 전에 없이 반가움을 표했고, 모두들 그가 사 온 아내 선물에 찬사를 보냈다. 나와 브렌다와는 다르게 쇼우빅은 계속해서 흥정을 했었노라고 말했다. 정말 쇼우빅은 나와 브렌다가 산 가격과는 비교도 안 되게 싼 가격으로 사리를 사 왔다. 길을 잃은 건 쇼우빅이 아니었는지도 몰랐다.

자문 레지던스의 스텝들은 아침마다 마당에 떨어진 꽃을 주워 공간 곳곳을 꾸몄다. 뒤뜰에는 건물보다 훨씬 큰 망고 나무가 있었는데, 내가 머물던 때는 철이 아니라 망고가 열린 것을 볼 수는 없었다.

이른 아침이면 랑골리를 그리는 할머니를 볼 수가 있었는데, 매일 다른 색과 모양으로 랑골리를 완성했다. 축제가 가까워 올수록 랑골리의 색과 모양은 화려해졌다. 집집마다 저마다의 랑골리를 그려놓은 게 참 재밌었다. 나는 매일 랑골리를 보러 혼자 동네 한 바퀴를 돌았다. 동네 남자들은 멈춰서서 나를 한참 쳐다보곤 했다. 처음에는 그게 어색하고 무섭기도 했는데, 이후부터 나는 먼저 고개를 까딱하거나 눈인사를 보내기도 했다. 그러면 저들은 금세 부끄러운 얼굴이 되어 엷은 미소를 머금고 한두 걸음 뒤로 물러나기도 했다.

자문 레지던스를 떠나기 전, 주인 뚜룹띠가 나와 브렌다에게 인도 남부 방식으로 만든 망고 처트니를 선물해줬다. 나는 취재가 있어서 만드는 과정까지 함께하지 못했는데, 브렌다는 뚜룹띠의 집에 가서 직접 만들어왔다. 가끔 식사 시간에 내준 뚜룹띠 식의 망고 처트니는 거의 시럽에 가까웠다. 나는 너무 달아서 먹기가 어려웠는데, 브렌다는 계속해서 감탄을 하며 먹었더랬다.

나는 가끔 인도가 그립다. 내 몸에 딱 맞는 따뜻한 볕이 내리쬐는 벵갈루루의 1월 하늘과 큰 눈으로 낯선 나를 주시했던 동네 주민들. 매 끼니마다 새 요구르트를 내줬던 부인들. 고수를 먹지 못하는 나를 위해 따로 음식을 내주던 스텝들. 이제는 나의 절친이 된 자일즈와 유베어. 그리고 쇼우빅과 자히드, 브렌다. 그들과 나눴던 시간들이, 말들이, 술잔들이 그립다.

여행 루트를 따라 인도 곳곳을 여행했다면 아마 나는 인도를 그리워하지 못했을지도 모른다. 한 곳에 머물렀기에, 그곳의 사람들과 관계를 가지고 교류했기에 더욱더 선명하게 그 순간과 그 시절이 내게 남아 있다.

알싸한 향이 그리운 봄이다.

부처님 오신 날,
나도 왔다
생일날 미역국

불기 2565년 부처님 오신 날. 음력 4월 8일. 그리고 나의
양력 생일이다.

엄마가 끓여준 생일 미역국을 먹었던 기억은 별로 없다.
나와 둘째 언니는 생일이 며칠 차이가 안 나는데, 자주 묶
음으로 묶여 버리는 경우가 많았다. 묶이다가 잊히는 흔한
과정을 거치면서 더 이상 가족들과는 생일을 축하하지 않
는 데까지 흘러갔다. 중학교 시절부터는 친구들과 생일 파
티 하는 문화를 가지게 되었고, 집에 불러서 음식을 나눠 먹
기도 하고, 떡볶이 집에 모여 와자하게 떡볶이를 먹어 치우기
도 했다.

고등학교 친구들과는 꽤 오랫동안 생일을 챙겨주며 지내왔는데, 차츰 생일 때만 만나게 되더니, 이내는 생일 때도 안만나게 되면서, 각자의 삶에 더 집중해서 살게 되었다. 자식을 낳고, 시댁이 있고, 챙겨야 할 가정사가 많은 친구들과 다르게 나는 밖으로 돌고, 반려묘를 키우고 내내 공부를 하고살고 있다 보니, 우리는 함께 이야기할 거리가 많지 않았다. 나중에 내 고양이들의 돌잔치를 몰아서 해야겠다고, 아쉬운소리를 하기도 했지만.

K는 미역국을 잘 끓여줬다. 소고기를 참기름에 달달 볶은 후 충분히 불린 미역을 넣고 한참을 끓여 미역국을 완성했다. 사실 자취 경력이 꽤 되었던 K는 뭘 해도 맛깔나게 음식을 잘했다. K의 어머니 음식 솜씨도 정말 일품이었는데, 가끔 집에서 올라오는 반찬들은 흉내도 낼 수 없는 것들이었다. 호두, 아몬드와 넣어 졸인 멸치조림은 아직도 그리울 정도니까. 가끔 그가 그립고, 더 자주 그의 어머니가 해주신 반찬들이 그립다. 사랑보다 진한 미식에 대한 갈구란.

행시공부를 하던 J도 내게 미역국을 끓여준 적이 있었다. 인스턴트 미역국이었다. 그런데도 그게 그렇게 맛있다며 홀짝대던 시절이 있었다.

그리고, 그들 이후에 만난 이들은 내게 미역국을 끓여준
적이 없었다. 누군가의 손을 빌리거나, 근사하고 멋진 레스
토랑에 데려가긴 했지만 손수 무언가를 해주는 것에는 어색
해하거나 두려워했다. 아니 어쩌면 그렇게까지 행동하는 것
을 기피한 것인지도 모른다. 거기까지 마음을 쓸 필요가 없
었을 지도 모른다. 아쉽다는 말은 절대 아닌데, 이렇게 문장
으로 이유를 찾으려고 뒤적이다 보니, 괜히 서운해지려고 그
런다. 그 시절, 그 순간 그들은 최선의 어떤 이벤트를 선보였
는데도 나는 다 지난 후에 만족하지 못했던 부분들을 헤집
어 과거를 향해 원망을 쏟아내고 있다니. 만족이라는 게 이
렇게 어렵다.

내가 먹고 싶은 미역국, 내가 끓인다!

'나이는 먹어도 늙고 싶지는 않은 나'의 귀빠진 날이니, 미
역국을 끓였다. 엄마는 홍합 미역국을 자주 끓여줬다. 하지
만 나는 홍합 미역국이나 조갯살이 들어간 미역국을 좋아하
지 않는다. 언젠가 해양 생태계가 오염된 걸 홍합을 보고 판
단한다는 이야기를 들은 적이 있었다. 홍합이 바로미터라고.

그게 얼마나 과학적으로 근거 있는 이야기인지는 잘 모르겠으나, 그 후부터 왠지 모르게 홍합을 멀리하게 되었다. 홍합 미안.

오늘은 소고기 미역국을 끓여 보겠다.

나는 오뚜기 자른 미역과 노브랜드에서 파는 실미역 두 가지를 사용한다. 오뚜기 자른 미역은 너무 자잘해서 보충이 필요하고, 실미역은 길게 끊어 먹는 재미가 있어서 반반씩 섞어서 물에 불린다.
금세 불려지긴 하는데, 오늘은 특별히 더 오래 불렸다.

생일이니까, 한우를 샀다. 국거리용 한우. 음하하하하하.

물기를 뺀 미역에 참기름을 두르고, 엄마가 사다준 다진 마늘(국산이라며, 국산은 좀 두고 써도 색이 안 변한다고 강조하심)을 넣고 함께 볶는다.

얼추 볶아졌다 싶을 때, 물을 넣고 본격적으로 끓여주면 된다.

이건 나만의 비법인데, 나는 좀 짜다 싶게 먹은 날은 여지없이 붓기 때문에 직접 만들어 먹는 음식에는 간장이나 소금을 적게 쓰는 편이다. 나는 시판 진간장을 사서 식초와 물을 같은 비율로 넣고 한 번 끓인다. 그리고 다 식기 전에, 채소류를 넣는다. 보통 양배추나 양파 등을 넣지만 딱 뭐다 하는 것은 없다. 냉장고 속에 있는 채소류를 적극 활용하는 편이다.

채소가 머물다 간 간장을 따로 담아 보관하다, 각종 요리에 쓴다. 덜 짜기도 하고, 맛도 괜찮다. 나는 꽤 오래전부터 식초와 간장은 이런 식으로 내 입맛에 맞게 만들어 먹고 있다(유통기한이 무지 짧으니, 소량씩 만드는 것을 추천).

밥도 잘 안 해 먹는데, 밀가루를 끊어야 하는 일이 있어서 밥솥을 샀다. 몇 년 만에. 전에 큰언니가 사준 밥솥이 있었는데, 내가 미워하는 놈 집에 두고 왔다. 그 밥솥으로 아직도 밥을 해 먹고 있으려나 몰라.

너, 뭐 먹고 살았니?

지은 지 97시간이 넘은 밥. 하지만 괜찮다.

현미와 흑미, 그리고 쥐눈이콩을 섞어 지은 밥과 미역국을
차렸다.

오늘은 이 한 그릇의 미역국이 나의 부처님이다.

터미네이터에게
보내는 러브레터

돈가스

곱슬머리 까불이였던 고등학생 시절, 난 한 사람을 무척이나 좋아했었다. 바로 학교 체육 선생님이었다. 체육 선생님은 키가 크고 그만큼 덩치도 컸다. 하관이 발달한 얼굴이었고, 늘 잘근잘근 껌을 씹고 다녔다. 나중에 안 일이었지만 선생님은 껌을 씹으면서 불어났던 체중을 줄인 경험이 있다고 했다. 껌을 씹는 동안에는 뭘 먹지 않았을 테니까.

나는 고교 3년 내내 운동장이 보이는 창가 자리에 앉았다. 선생님들도, 친구들도 내가 체육 선생님을 좋아한다는 사실을 알았고, 어느 정도는 인정해주는 분위기였다.

너, 뭐 먹고 살쪘니?

체육 선생님은 익살스럽고 재치가 넘쳤다. 교장의 결재를 통과했다는 것이 놀라울 정도로 한참 선 넘은 시험 문제를 출제하는 대담성을 가진 선생님 때문에 참 많이도 웃었더랬다. 지금도 생각나는 1학년 때 체육 시험 마지막 문제. 아이가 없는 부부가 산신령에게 아이를 점지해달라고 빌었더니 산신령이 나와서 먹으라고 했던 걸 찾는 객관식 문제였다. 불임에 좋은 성분이 든 음식을 찾는 것이었는데 정답은 기억나지 않지만 피식피식 웃음을 흘렸던 시험 시간만은 선명하게 기억난다. 시험이 끝나고 우리는 시험 문제의 과감함에 모두 혀를 내둘렀다.

학교에는 나 외에도 체육 선생님을 좋아하던 애들이 많았다. 선생님은 뭐든 재밌게, 편하게 가르치는 편이었는데, 체육을 싫어하는 여학생들에게 '슬로 모션'으로 동작을 설명해주기도 했다. 뭔가 과장되어 보였지만 멋짐이 터지는 모션이었다. 기계인 듯, 기계 아닌 듯 시범 보인 선생님은

"자, 봤지?"

라며 씨익 웃곤 했는데, 그럴 때마다 우리들은 소녀 팬들

처럼 열광적인 환호를 보냈다. 열일곱 살이었던 나는 '경아'를 불렀던 '박혜성' 같은 '오빠'를 좋아했던 터라 체육 선생님을 '오빠'라고 부르기는 좀 무리가 있다는 생각이 들었다. 그래서 '아빠~!' 하며 박수를 보냈더니, 선생님이 멈칫 멈춰 서며, 내게 말했다.

"네가 17년 전에 그 애냐?"

그 말에 우리 반 아이들은 모두 뒤집어졌고, '까불이'였던 나도 더 갖다 붙일 말을 찾지 못했다.

우리 반 친구들은, 그러고 보니 체육 선생님과 내가 좀 닮은 것도 같다고 입을 모았고 어느새 그건 중론이 되었다. 그렇게 차츰 나는 '체육 선생님 딸'로 불리기 시작했다. 남자반 애들도 내 이름은 몰라도 나를 누구의 딸로 알고 부를 정도였으니까.

체육 선생님은 이전 학교에서는 '바야바'와 같은 털 많은 괴력의 존재로 호명되곤 했으나, 우리 학교에 와서는 다른 별명을 얻었다. 우리가 지어준 별명은 바로, '터미네이터'

너, 뭐 먹고 살쪘니?

였다. 고글형 선글라스를 끼고 운동장에 들어서는 선생님을 보고 우리는 우리 시대 최고 유행이었던 터미네이터를 떠올리지 않을 수 없었다.

전 학교에서는 또 얼마나 인기가 많았을까 궁금해 하다가 이전 학교에서의 별명까지 알게 된 나는 내가 알고 있다는 걸 드러내고 싶었다. 그리고 때마침 기회가 찾아왔다.

퇴촌으로 떠났던 1박 2일 간부수련회 자리에서 나는 동기 남자애와 사회를 본 적이 있었다. 우리는 뭔가 재밌는 걸 만들고 싶어 했고, 그 하나로 선생님들 별명 차트를 만들어 발표했었다. 내가 사회자였으니, 체육 선생님이 단연 1등이었다. 체육 선생님의 별명을 '바야바'로 호명하자 체육 선생님은 어떻게 알았냐고 놀란 표정을 지어 보였다.

나는 3년 내내 '터미네이터'를 좋아했다. 수줍은 마음에서 시작된 관심은 차츰 주변의 호응을 받으며 적극적으로 표현하는 열렬한 감정으로 커져갔고, 나중에는 모두가 응원하고, 궁금해 하는 지경이 되었다. 수업이 지루해질 때 우리 반 애들은 수업 선생님의 첫사랑 이야기보다 나와 체육 선생님과의 일화를, 내 입을 통해 전해 듣고 싶어 할 정도였다. 그렇게 점점 내 이야기가 공공재처럼 공유되어 갔다.

그러니 소스가 필요할 수밖에!

나는 쉬는 시간마다 선생님을 따라다녔고, 잠시 선생님과 농담을 나누고 온 것들을 친구들에게 전해줬다. 나는 명실공히 학교의 이야기꾼으로 내 이야기를 전파하고 다녔더랬다.

나는 고교 3년 내내 매일, 선생님께 편지를 썼다. 그것도 매일 우편으로 보냈다. (우리집 대문 앞에 우체통이 있었던 건 필연이었는지도!) 빨간색 편지지와 봉투를 사용해 매일 자잘한 일상을 써 보냈는데 빨간색은 내가 선생님에게 보내는 시그니처 컬러였다.

편지라는 게, 쓰려고 하면 쉽지가 않지만, 매일 쓰다 보면 정말 할 이야기가 많아진다. 매일 본 친구와 할 이야기가 더 많은 것처럼 말이다.

나는 매일 비슷하면서도 다른 내 일상을 편지지에 담아 선생님에게 보냈다. 누군가가 읽어줄 거라는 기대, 그 온전

너, 뭐 먹고 살쪘니?

하고 완벽한 단 한 사람의 독자를 위한 편지를 썼다. 나는 무척이나 잘 보이고 싶었으므로, 자연스럽게 나의 문장력은 조금씩 성장했을 것이다.

내게 선생님이 특별한 생일 선물을 줬던 적도 있었다. 바야흐로 교정校庭 곳곳에 신초록이 가득했던 5월 어느 날이었다.

내 생일은 스승의 날과 불과 4일밖에 차이가 나지 않는다. 나는 며칠 동안 노량진의 선물가게 포장 아르바이트를 해서 스승의 날 선물로 운동복을 사서 선생님께 선물했었다. 지금 생각해도 내 정성에 내가 놀랄 정도다.

내 생일이 되자 선생님은 내게 책 두 권과 봉투 하나를 주셨다. 물론 우리 반 애들이 귀찮을 정도로, 선생님을 찾아가 내 생일이라고 노래를 불렀기 때문이었다. 내 친구들은 나 혼자만의 열광적 애정을 선생님과 공유된 어떤 것인 양 굴었다. 친구의 애인은 친구나 마찬가지니까, 마치 선생님과도 절친이 된 것처럼 자주 선생님에게 훈수를 뒀고 내게 잘하라고 압박했다. 지금 생각해도 실소를 머금을 수밖에 없는 모습들이다. 맞다, 극한 직업, 바로 선생님 되시겠다.

당시 선생님은 입시를 앞둔 여고생들의 이런저런 '투머치'한 행동들을 언제나 묵묵히 받아주었는데, 어디로 튈지 모르는 내 기를 꺾어 나를 좌절시키지도, 그렇다고 내 손을 맞잡아주지도 않았다. 지금 생각해보면, 선생님으로서 할 수 있는 가장 현명한 태도가 아니었나 싶다.

아무튼, 나는 내 생일에 선생님께 선물을 받은 것이었다. 쉬는 시간 피리 부는 사나이처럼 애들을 몰고 선생님을 보러 갔다가 선물을 받아서 교무실을 나오게 되었는데, 선물을 받아 든 다음부터 내 입에서는 꺄악 소리가 멈추지 않고 터져 나왔다.

생각지도 못한 선물이었다. 나는 선물을 끌어안고 소리를 지르며 복도를 달렸다. 내가 뛰자 내 친구들도 뛰었다. 군청색 교복 치마 안에 세트처럼 주황색 체육복 바지를 덧입었던 우리는 3층에 있는 교실까지 소리를 지르며 내달렸다. 우리를 본 선생님들이 왜 그러냐고 물었지만 우리는 대답을 하지도, 멈추지도 않았다. 아니, 멈출 수가, 멈춰지지가 않았다.

교실에 돌아와서 포장지를 뜯어보니, 책 두 권과 분홍색 봉투 하나가 들어 있었다. 책 제목은 『선생님과 함께 읽는

너, 뭐 먹고 살쪘니?

우리 소설 1,2』였다.

그리고 분홍 봉투!

나는 그걸 도저히 열어볼 수가 없었다. 매일 편지를 보내
다가, 처음으로 받은 답장인데 이렇게 아무 의식 없이 그냥
열어볼 수가 없었다.

그런데, 그런데, 그런 생각만으로도 눈물이 계속 솟구쳤
다. 수업 종이 울리고, 친구들이 각자의 반으로, 자리로 돌아
가고도 나는 눈물을 그치지 못했다. 수학 선생님이 들어와
서 내가 왜 우는지 물었는데, 애들이 체육 선생님한테 선물
받아서 그런 거라고 대신 말해주는 와중에도 눈물을 그칠
수가 없었다. 수학 선생님은 한참 어린애를 보듯 나를 보며
몇 마디 훈수를 두긴 했지만 내 태도나 상태에 대한 비판을
가하지는 않았다.

그렇게 수학 시간을 보내고, 쉬는 시간이 되자 다시 친구
들이 모여들었다. 어떻게 편지 봉투를 개봉할 것인가. 너무
나 가슴 떨리는 일이었다. 선생님이 대체 뭐라고 답장을 보

낸 것일까? 내가 보냈던 그 수많았던 편지를 읽고 어떤 식으로 답가를 불러주려는 걸까? 그런 생각만으로도 내 가슴과 머릿속은 터질 것만 같았다.

내 자리를 빙 둘러싼 친구들은 입맛을 다시거나, 손바닥을 비비면서 긴장감을 달랬다. 친구들은 아더왕이 돌에 박힌 검을 뽑던 순간을 마주한 것처럼, 신성하고 숭고한 일을 벌이는 듯 덜덜 떨면서 봉투를 여는 내 손끝으로 온 시선을 집중했다.

이윽고, 편지 봉투는 열렸고, 내용물이 공개됐다.

도서상품권.

가장 선생님다운 답가였다. 한 시간 내내 울었던 나는 조금 뻘쭘해졌고, 우리는 이 해프닝을 통해 선생님에 대한 마음을 더욱 굳건하게 다지게 되었다.

돈가스 먹을래?

그 시절, 나는 선생님께 여러 번 밥을 얻어 먹은 적이 있었다. 그럴 때마다 선생님은 지금은 없어진 경양식 집에 데려가

너, 뭐 먹고 살쪘니?

"애들은 이런 거 먹어야지"라며 돈가스를 시켜주셨다. 빵과 밥 중에 하나를 고르면, 밋밋한 수프가 먼저 나오는 경양식 집에서 먹는 돈가스는 얄팍하고 질겼지만, 오래도록 기억에 남았다.

돈가스를 볼 때마다, 애들은 이런 걸 먹어야 한다며 시켜 주셨던 선생님 생각이 난다. 그 시절 철모르는 까불이를 다 치지 않게, 잘 다독여주셔서 참 감사하다.

선생님, 잘 지내시죠?

허한 마음을 채워줬던
KFC 비스킷과 콜라

feat. 딸기잼+버터

　믿기 힘들 수도, 혹은 이 자체를 부정할 수도 있지만, 나에게도 깡말랐던 때가 있었다.

　나는 중학교 1학년 때까지 빼빼 마른 체형이었다. 비쩍 마른 내 두 다리를 두고 젓가락이라고 하던 친구들도 있었으니까. 물론 지금은 이런 이야기를 하면 다들 '설마, 그럴 리가 없어~' 하는 눈으로 나를 바라본다. 모든 역사는 '오늘' 그리고 '지금' 평가받는 것이니 그런 시선들이 이상한 일도 아니다.

　그렇게 깡말랐던 내 몸에 튼실하게 살이 오르기 시작한 계기가 있었다.

너, 뭐 먹고 살쪘니?

나는 중학교 1학년 때부터 친한 친구들과 노량진에 있는 단과 학원을 다녔더랬다. 당시에도 노량진은 수많은 종합, 단과 학원들이 밀집해 있던 학원의 메카였다. 매일 오가는 학생들의 수도 엄청났고, 그 유동인구만큼이나 수많은 음식점들이 밀집해 있었다. 나는 거기서 수학과 영어 단과 학원을 다녔는데, 한 과목당 대략 14,000원였던 걸로 기억한다. 수강생이 지나치게 많은 수업도 있었고, 그렇지 않은 수업도 있었는데 요즘처럼 출석 체크 같은 걸 해서 집에 연락하는 시스템이 없어서 자주 땡땡이를 쳤다.

땡땡이라니!

그렇다면 공부를 하고 있어야 할 시간에 어디에 가 있었느냐?

맥도날드와 KFC는 내겐 너무 낯선 곳이었다. 인테리어도, 음악도, 주문 방법도 낯설었다. 낯설어서인지 그 공간에 들어서면 뭔가 선진적인 시스템을 경험하는 기분이 들었다. 우리는 KFC를 '켄치'라 줄여 부르기도 했는데, 그건 낯선 것을 친근하게 수용하기 위한 나름의 방법이었다 (고속터미널 지하상

가를 '고티'라고 부르기 시작한 것도 우리들이었다!).

우리는 주 5일 학원에 나갔고, 주 5일 내내 맥도날드와 KFC를 다녔다. 매일 먹어도 질리지 않는 것들이 그곳에 있었으니까. 지금 생각하면 '떡볶이'에게 좀 미안한 일인데, 당시 나는 떡볶이나 라볶이는 까맣게 잊고서 미제 간식에 혀를 내어주고 있었다.

어느 날은 맥도날드의 광대 로날드 캐릭터 괴담으로 한참 수다를 떨었고, 또 다음날은 KFC의 커넬 샌더스 몸집이 어땠느니 하며 침을 튀도록 떠들었다. 소품을 도둑질해가는 손님이 많아서 장식용 미니어처를 본드로 붙여놨다느니 하는 자질구레한 이야기도 나눴다. 누군가 환한 낮에 맥도날드 매장 안의 액자를 훔쳐가기도 했다는, 지금 들으면 다소 황당한 이야기까지 하면서 그 공간 안에 심취해 있었다. 공간이 우리를 들뜨게 했음은 부인할 수 없는 사실이었다.

사실, '언제'보다 중요한 건 '어디서'니까.

너로 정했어!

주머니 사정이 넉넉지 않았던 중학생이 매일 먹을 수 있는

너, 뭐 먹고 살쪘니?

건 많지 않았다. 차츰 우리는 주어진 용돈 안에서 최대한 만족감이 높은 걸 선택하게 되었고, 실제로 그건 꽤 만족감이 높았다. 그리고 그게 주머니 사정 때문이 아니라 전적으로 낯선 맛에 대한 취향이 생겼기 때문이라고 믿었다.

그즈음 우리가 심취했던 간식은 KFC에서 팔던 '비스킷'이었다. 매일 1,100원으로 비스킷과 콜라 하나를 사 먹었다. 비스킷을 사면 잼과 버터를 주었는데, 그게 '킬포'(킬링포인트의 줄임말)였다.

따끈한 비스킷을 게딱지를 따듯 윗부분을 따서 둘로 나누고, 아직 따뜻한 표면 한쪽에는 잼을, 다른 쪽에는 버터를 듬뿍 바르고 합체를 시킨다. 조급해하지 말고, 1~2분을 기다려 뚜껑을 따면, 잼과 버터가 비스킷 속살과 어우러져 있는 걸 확인하게 된다. 그 앙상블이란!!

그걸 거의 매일 먹었으니, 그 잼과 버터가 내 몸에 들어와 어떻게 되었을까. 지금 생각해보면 섬뜩하기도 한데, 당시에는 그 맛의 유혹을 떨쳐낼 용기가 없었다. 매일의 신앙 의식이었으니까.

그때 나는 늘 허기져 있었는데, 그건 단순한 배고픔 이상의 허기였다. 뭔가가 늘 고팠고, 또 고팠다. 형제 많은 집 셋째 딸이어서 그랬을 수도 있었고, 중학교에 입학해 처음 경험하는 새로운 평가방식에 대한 두려움 때문이었는지도 몰랐다. 달달하고, 짭조름하고, 목울대가 톡 하고 건드려지는 자극적인 맛은 그 모든 허기를 잠재울 만큼 나에게 충분히 매력적인 세계였다.

나는 가끔 내 인생의 허기 그래프를 그려본다. 내가 허기를 많이 느꼈던 때는 어김없이 힘든 시기를 지나갈 때였다. 배를 곯았다기보다는 정신이 피폐해졌을 때, 그때 나는 무지하게 먹는 것을 탐했다. 영혼의 허기만큼 음식에 대한 욕망을 자극하는 것은 없었다. 음식이 목적이 아니라, 허기를 채우는 것이 목적인 '허기'였기에 더더욱 그랬다.

그때는 크고 지금은 작다

내 허리둘레를 도톰하게 불려준 그 비스킷과 콜라를 먹어보았다.

예전에 먹던 걸 생각하고 똑같이 시켜봤다. 잼은 그냥 주지만 버터는 사야 했다.

콜라 2,000원
비스킷 1,900원

너, 뭐 먹고 살았니?

버터 200원

다 해서 4,100원!!

비스킷은 예전만 못해진 것 같아서 아쉬웠다. 예전에는 내 얼굴만 했었다고 기억하고 있는데, 기억 조작이겠지? 뚜껑을 잘 따 보려 했으나, 실패. 손이 너무 커져 버린 것일까?

버터 바를 차례. 속이 꽉 찬 버터를 보자마자 침이 고인 건 왜지? 그런데 스프레드가 없다! 요즘은 스프레드를 주지 않는다고 한다. 겨우 얻은 종이 숟가락으로 버터를 발라보았다.

바르기 시작하면 비스킷 자체의 온도에 버터가 조금씩 녹아들어 가야 하는데, 그렇지가 않다. 전처럼 되는 게 하나도 없다. 뚜껑 파괴로 그냥 그 위에 잼을 투하하기로 결정했다. 결국 조금 파괴적인 형상이 되었지만, 괜찮다. 맛있으면 된다는 생각을 하기 시작했으니까. 그런대로 옛 생각이 나는 걸. 추억은 방울방울이다.

몇 해 전, 한 1년 빵을 배우러 다닌 적이 있었다. KFC의 비스킷이 바로 곁스콘이라는 것도, 버터와 설탕이 생각보다 많이 들어간다는 것도 그때 알게 되었다.

　아는 게 무섭다고, 빵을 배우고 한동안 나는 빵을 먹지 않았다. 시판되는 빵들에 수많은 강화제와 연화제, 그리고 알 수 없는 성분들이 듬뿍 들어간다는 것을 알아 버렸기 때문이었다. 물론 차츰 다시 빵을 먹기 시작했지만, 전처럼 자비 없이 먹게 되지는 않았다.

　그래도 한 입 먹어보자 싶어 콜라를 몇 모금 빨고, 비스킷을 먹기 시작했다.

　그래, 이 맛이지!

　달콤 짭조름한 맛이 혀끝에 스르르 녹아들었다. 바삭하고 촉촉한 속살을 번갈아 베어 물었다. 옛 생각이 날 틈도 없이 금세 비스킷을 다 먹어 버렸다. (빵 잘 안 먹는 거 아녔어?) 비스킷을 이렇게 먹은 건 거의 30년 만인 거 같은데, 다시 먹어도 맛이 있었다.

　거짓말 같이 배가 불렀다.

　남은 콜라를 호로록 들이키는데 괜히 코가 시큰해졌다.

　나는 어느새 이렇게 나이를 먹어버린 것일까.

나는 오늘, 열네 살이었던 나에게 편지를 써보려고 한다.
먹는 것으로만 위로받을 수 있었던 그 시절의 나에게.

안녕? 봄!

살고 싶을 때마다
순대를 먹네
속이 꽉 찬 순대

첫눈이 내리는 저녁이면 순대를 먹었네

순대를 좋아하기 시작한 건 중학교 때부터였다. 집으로 돌아오는 길목에 있던 떡볶이 집에서 떡볶이와 곁들여 맛을 보게 되었는데, 이게 또 그냥 지나칠 맛이 아니었다. 속이 꽉 찬 것부터가 매혹적이었다. 온기가 날아가지 않도록 뒤집어 씌운 비닐 사이로 모락모락 김이 솟아오르는 걸 보면서 나는 그 안에 뭔가 더 내밀한 것들이 가득 차 있을 거라 상상하곤 했었다.

지금은 순대 외에는 먹지 않는데, 그때는 간을 참 좋아했었다. 간이나 염통 등은 고춧가루가 섞인 굵은소금보다 떡볶이 국물에 찍어 먹어야 더 맛있다. 물엿이 많이 들어간 단

너, 뭐 먹고 살쪘니?

짠의 떡볶이 국물 맛으로 먹는 것이다. 찰지고 쫄깃한 식감은 떡볶이 떡과 오뎅(어묵)의 식감과는 또 다른 입안의 자극으로 다가왔었다.

그렇게 시작된 순대 사랑은 내내 이어졌다. 스무 살 때부터 몇 해 동안은, 첫눈이 내리는 날마다 신림사거리를 찾았다. 이른바 '신사리'에는 순대만 전문적으로 파는 식당가가 밀집해 있었다. 한두 번 그렇게 한 것이 버릇이 들자 철판 위에서 엄청난 바라 깻잎과 섞여 들어가는 순대를 찾아 몇 해 동안 내내 신사리를 찾게 되었다.

죽고 싶은 충동은 곧 살고 싶은 충동

나는 몇 번 충동적으로 수면제를 과다 복용한 적이 있었다. 중학교 때는 아침에 깨서 학교에 가기까지 했고, 학교에서 그냥 잠에 빠져 버렸다. 선도부 활동을 하면서 친구들에게 미움을 사기 시작했는데, 한두 명, 혹은 몇몇 집단의 미움을 산 게 아니라, 뭔가 전체적으로 나를 외면하고 따돌리고, 미워했다. 학생부에서 내려준 지침대로 따르긴 했지만, 같은 학생 신분으로 학생들을 지적하고 검사한다는 게 사실 온당한 일은 아니었다. 지금 생각해도 내 융통성 없는 행동들은 미움을 사기에 충분했다. 하지만, 나는 그보다 더 많은 미움을 샀고, 더 많은 시간 동안 괴로워하며 보내야 했다.

다 커서도 몇 번 더 그런 충동을 느낀 적이 있었고, 실제로 삼십 대 초반에 친구들 몇에게 메시지를 남기고 약을 먹고 잠에 든 적이 있었다. 지금 생각하면 경도 우울증 정도였던 것 같은데, 상담을 받기 시작하면서 우울증이 더 심해졌던 것 같다. 처방받은 약은 졸피뎀이었는데, 두 알을 넘기지 말라는 의사 선생님의 말을 들었음에도 여덟 알을 먹은 적도 있었다. 눈앞이 그림처럼 바뀌는 걸 경험했고, 내가 똑바로 걷지 못하고 있다는 것을 느낄 때쯤 잠이 들었다. 그리고 그런 일들이 한두 번 더 반복되었다.

나는 살고 싶었다.
살고 싶다고 말하고 싶었다.
그래서, 죽고 싶었다.

이 비논리의 역설이 나를 흔들었고 그대로 나는 충동에 몸을 맡기고 말았다.
순간적으로 치민 충동이었다. 머리가 터질 것 같이 복잡해졌을 때라 합리적인 판단을 내리기 어려웠다.

너, 뭐 먹고 살쪘니?

물론 지금은 상황이 나쁠 때는 결정을 내리지 않으려고 한다. 상황이 안 좋으면, 내 판단도 늘 안 좋은 쪽으로 기울기 때문이다.

몇 번 속을 게워내고 비척비척 방 안을 거닐고 있는데, 친구들이 집으로 달려왔다. 나와 고교시절을 함께한 친구도, 이십 대 중반을 함께한 친구도 있었다.

내 친구들의 손에는 검은 봉지가 하나씩 들려 있었는데, 그건 다 순대였다. 울컥한 상황에서 우리 모두는 순대 봉지를 보면서 웃었다.

나는 친구들이 사 온 순대를 조금은 서럽게, 조금은 행복하게 먹어치웠다. 지금도 그 순간을 생각하면 눈물이 난다.

난 왜 그렇게 하루하루가 우울했을까.

사실 지나고 보면, 별 일도 아니었다. 당시에는 친밀한 관계에서 늘 실패하는 기분이 들었다. 사랑하는 사람들, 사랑해야 한다고 믿었던 사람들, 그리고 나에게 사랑을 주는 사람들 사이에서 애매하고 어색하고 난처한 일을 만날 때마다 나는 늘 두고두고 후회가 남을, 잘못된 판단을 했다고 생각했다. 돌이킬 수 없는 선택 때문에 공연한 후회의 날들이 이

79

어졌고, 나는 내 슬픔에 도취되어 나 혼자 길을 잃고 말았다. 원망할 대상을 찾다, 찾다 그게 내 가슴 안으로 꽂혀 들어왔고 피할 길 없이 나는 그렇게 무너져 버렸다.

나는 감정에 솔직한 사람이고, 속을 감추면서 살아오지는 않았다. 그럼에도 나는 늘 관계가 두렵고, 어렵다. 아니 어쩌면 그런 '관계 정치'를 잘 못했기 때문에 두렵고 어려웠는지 모른다.

십여 년이 지나오면서, 나는 나를 좀 더 적극적으로 바라볼 수 있게 되었고, 나를 좀 더 긍정하게 되었다. 나대로 살면서부터 나는 조금씩 '내 정신과 영혼의 자유'를 찾고 있는 중이다.

나는 더 이상 지난 선택을 후회하지 않는다. 아쉬움이 남는 선택이 있을 수는 있어도, 두고두고 되짚을 정도로 후회하는 선택은 없다,고 믿기로 했다. 예전이나 지금이나 상황은 달라진 게 없지만 내 생각의 스위치는 확실히 달라졌고, 그런 이유로 나는 후회 없이 살게 되었다. 물론 반성을 않는다는 게 아니다.

과거의 그 순간에도, 나는 어떤 식으로든 최선의 선택을

너, 뭐 먹고 살았니?

했을 것이다.

달리 다른 선택을 할 수 없었기 때문에, 순간의 결정이든, 충동적 선택이든 그 순간에는 그 방법밖에 없다고 믿었을 것이다. 다시 그때로 돌아가도, 나는 예전의 선택을 하지 않을 수 있을까? 지금의 내가 과거로 간다면 모를까, 그때의 나라면 역시나 다르지 않을 것이다.

그래서 지금은 내려놓고 싶은 충동이 들더라도, 행동으로 옮기지 않는다. 더는 어리석은 생각은 하지 않는다. 부모를 떠올리고, 가족을 떠올려서가 아니다. 나는 나대로 좀 더 건강하게, 살 수 있는 내 수명만큼 잘 살아내고 싶다. 가장 살고 싶은 순간에, 가장 죽고 싶은 생각이 드는 아이러니를 알게 되었으니까.

나는 지금도 살고 싶은 순간이 올 때마다, 순대를 먹는다. 속이 꽉 찬 순대를.

광장시장 찹쌀순대

이런저런 과거들을 떠올리며 종로 5가 광장시장에 가서 순대를 사 왔다. 부속 내장은 먹지 않은지 오래라 순대만 사

왔다.

순대 대야 안에는 두 가지 종류의 순대와 부속 내장이 가득했다. 그 중 두꺼운 순대는 막창으로 만든 것이라고 했다. 다른 곳에서 물어보니 그곳에서는 또 대창이라고 했다. 창자인 건 확실했다.

눈대중으로 가늠해서 정량을 정하는 건 우리만의 문화인가? 난 순대를 먹을 때마다, 써는 사람 마음인 이 방식이 참 재미있다. 내 생각을 읽으셨는지 좀 더 썰어주신다. 더불어 정도 넘친다.

내장 안 좋아한다고 하면서도, 간과 허파에 대해 묻자, 잘 설명해주신다. 제일 큰 게 허파였는데, 먹고 싶어지는 비주얼은 아니었다. 대창으로 만든 순대와 부속 내장이 잔뜩 담긴 대야를 한참 바라보다 다른 좌판으로 옮겨갔다. 그곳에서도 순대를 샀다. 사면서, 순대 공장이 한 곳일 수도 있겠구나 하는 생각이 스쳤다.

궁금한 걸 못 참는 나는, 시장 내 점포의 순대 공급을 한 곳에서 다 받는지를 물었다. 대충 그렇다고 쿨하게 답해주시는 사장님. 갑자기 순대 공장에 취재 가고 싶어졌다. 비닐 속에 숨쉬고 있는 타자의 창자에 대한 소설을 써보고 싶어

너, 뭐 먹고 살쪘니?

졌다. 너무 하드코어인가?

순대는 언제나 비닐 속에서 수상하지. 이런 첫 문장은 어떨까. 벌써부터 비난이 들려오는 듯하다.

지금은 비닐의 성분이 어때서, 환경 호르몬이 어때서 하는 식으로 공연한 고민이 많아졌다. 당연한 생각임에도 좀 쓸쓸하다. 몰랐을 때는 아무 문제가 없었는데, 알고 나니 먹는 걸 얼마나 망설이게 되는지 말이다.

좌판에서는 좀 굵은 순대를 샀다. 긴 줄 하나에서 반절 정도 주신다고 했는데, 굵어서인지 썰어서 그릇에 넣어보니 양이 너무 적게 느껴졌다.

갔던 길을 되돌아오다가 하얗고 고운 무를 광고하는 포스터를 발견했다. '고운 몸매와 배맛 같은 김장무!' 바로 '서호무'란다. 무에게도 몸매가 있다는 걸 처음 알았다. 모델로 나선 무들이 제법 통통하니 보기가 좋다.

너 뭐 먹고 살쪘니? 참 곱다야.

집에 돌아와 참쌀순대 포장을 열었다. 잡내가 안 났다.

나는 늘 소금은 먹지 않아, 라고 했는데 오늘은 찍어 먹었다. 좌판에서 산 대창 찹쌀순대에서는 약간 꼬롬한(?) 고기 잡내가 났다. 하지만 고춧가루 섞인 소금을 찍어 먹으니 맛있었다.

다음에는 당면순대를 파는 분식집으로 가야지. 찹쌀 순대를 먹으면서 다음에 먹을 순대를 상상했다.

잠시 우울해서 괜히 쭈그러져 있었는데
그래도 뭔가 속이 꽉 찬 느낌을 얻었다, 라고 믿어본다.

떡볶이와 고백은
패키지가 될 수 없어
떡볶이와 야끼만두

떡볶이를 좋아해

나는 아직도 떡볶이를 좋아한다. 물론 어릴 때처럼 자주 먹지는 않는다. 어릴 때처럼 먹어대지 못한다고 말하는 게 정확할 것이다. 전에는 '1일 3떡'도 가능했는데, 지금은 가끔 한 번씩, 아주 행복하게 떡볶이를 먹는 게 좋다. 소화력이 점점 떨어져서 그런 것 같다.

내가 본격적으로 떡볶이를 먹기 시작한 것은 중학교 때부터다. 패스트푸드점만큼 떡볶이집도 자주 찾았다. 우리 집 길 건너에는 서문여중·고가 있었는데, 지하철역부터 학교 정문까지 이르는 길가에 몇 개의 유명한 떡볶이집이 있었다. '모던 하우스', '해피 하우스'란 이름의 떡볶이집과 '미소의 집' 그리고 '인디안'이 우리들의 허기를 달래줬다.

'모던 하우스'와 '해피 하우스'는 건물 지하에 위치한 것에서부터 가게 콘셉트는 물론 파는 메뉴와 맛도 비슷했다. 그곳에서 나는 주로 만두 떡볶이를 먹었더랬다.

우리가 지하에 있는 카페 형식의 떡볶이집을 자주 간 이유는 서빙을 했던 오빠들 때문이었다. 우리 중 누군가는 '해피 하우스'의 누구를, 또 다른 누구는 '모던 하우스'의 누구를 찜해 놓고 있었기에, 우리는 퐁당퐁당 간격을 두고 두 곳을 오갔다. 당시 여중고 앞 떡볶이집 서빙은 이십 대 초반 혹은 그보다 어린 남자들이 담당했었다.

'미소의 집'은 얇은 단무지가 나오는 즉석 떡볶이집이었다. 언급된 가게 중 유일하게 아직도 영업을 하고 있는 곳이기도 하다. '미소의 집'은 떡볶이 국물에 넣어 먹는 야끼만두가 맛있었다. 또, 다 먹고 난 후에는 가게 입구에 서서 브라질 아이스크림을 하나 더 사 먹고 나와야 마무리되는, 나름의 코스가 있는 가게였다. 30년 전 사장님 내외가 지금도 여전히 운영을 하고 있는데, 가격이 오른 것 외에는 변한 게 없다. 주황색 단무지 그릇은 지금도 인상적이다. 단무지를 추가할 때마다 있는 그릇에 단무지를 담아주는 게 아니라, 계속 그릇째 내어 주는데, 먹다 보면 그릇이 쌓여가는 걸 보게 된다. 이것도 '미소의 집' 나름의 시그니처.

내 마음을 사로잡은 인디안

여러 떡볶이집 가운데서도, 내가 가장 좋아했던 떡볶이집은 '인디안'이라는 퓨전 떡볶이집이었다. '인디안'은 케첩과 마요네즈를 반반 섞은 소스로 토핑한 떡볶이와 함께 바삭하게 튀겨낸 프렌치프라이도 팔았다. 다른 곳과 다르게 양배추 샐러드도 곁들여 내주는 게 '인디안'만의 시그니처였다.

나의 떡볶이 이력은 '해피하우스'와 '모던하우스'부터 시작됐는데, 미소의 집을 통해 즉석 떡볶이에 입문하게 되었으며, '인디안'으로 취향을 확고하게 굳힌 셈이다.

내가 '인디안'을 계속 찾았던 이유는, 그곳에서 일하던 오빠 때문이었다. 중학교 3학년이었던 나는 막 여드름이 나기 시작했는데, 그 수상한 여드름만큼이나 이성에 대한 호기심도 왕성했다. 나는 언제나 주변을 호기심 어린 눈으로 탐색하길 즐겼는데, 지금 생각해보면 그게 또 그렇게 맑은 느낌은 아니다. 아무튼 나는 선한 눈빛을 가진 '인디안' 오빠를 훔쳐보는 맛에 '인디안'을 자주 찾게 되었다.

다른 떡볶이집들은 서빙을 해주는데 반해 '인디안'은 무려

셀프서비스 업소였다. 맥도날드 정도나 가야 할 수 있는 셀프서비스를 말이다. 프렌치프라이와 떡볶이가 완성되면 오빠는 자신의 특유한 음색으로 주문자를 호출했다. 음이탈한 것 같기도 한 들뜬 음색이 신기하고 재미있었다. 하긴, 뭔들.

고백 다시 고백, 은 안녕

중3 봄, 떡볶이 먹기 참 좋은 밸런타인데이. 나는 친구의 응원에 힘입어, '인디안' 오빠에게 초콜릿을 선물했다. 당시 대학생이었던 오빠는 부끄러운 낯빛을 감추지 못했다. 지금 생각해보면 당황했던 것인지도 모른다.

그게 다였다. 나도 주는 것에 의미가 있었으므로 뭘 더 할 생각이 없었고 상대도 마찬가지였을 것이다. 이후에도 우리는 손님과 아르바이트생으로 주문을 하고 쟁반을 받으러 오고 갈 때만 마주했다.

그런데 문제는, 화이트데이였다. 내가 주문한 음식 옆에 사탕이 든 상자가 놓여 있었다. 내가 준 초콜릿의 답례로 준 게 분명했다. 생각지도 못한 답례품에 놀라기도 했고, 순간 복잡한 마음이 들기도 했다. 절대로 빚은 지지 않겠다는 의미였는지도 몰랐다.

혼자 좋아하고, 혼자 들뜨고, 혼자 내려놓고, 혼자 헤어지면 참 좋았을 일. 뭔가 교환이 일어나고 등가의 상황이 발생하고 나니, 덜컥 겁이 났다. 더 친밀해지는 것도, 야멸차게 내쳐지는 것도 두려웠다. 그런 상상만으로도 견디기 힘들었다.

나는 그대로 달아나 버렸다.

오묘한 인연, 추억은 추억이라 맛있지

서른 즈음 나는 '인디안'이 있던 건물에 세 들어 산 적이 있었다. 세를 얻을 때는 까맣게 '인디안'을 잊고 있었다. 이사를 오고도 한참 후에야 한동안 문지방이 닳도록 드나들었던 '인디안'이 떠올랐다. '인디안'이 있던 자리는 편의점으로 바뀌었고, 나는 매일 편의점에 들러 일용할 주전부리와 맥주를 사 날랐다. 편의점을 들를 때마다 오묘한 감정이 툭툭 가슴을 치고 올라왔다. 혼자서 좋아할 때만 가지는 나른한 설렘이.

누구나 닭에 대한
추억 하나쯤은
가지고 산닭!

내 생애 첫 닭

    내가 어릴 때 살던 동네 시장에서는 살아 있는 닭을 팔았다. 시장통 닭집 닭장에는 빨간 벼슬을 가진 흰 닭이 꼭꼭, 짧은 비명을 지르며 갇혀 있었다. 가끔 부모님은 살아 있는 닭을 사서 요리를 해줬는데 배를 가르고는 우리 형제들을 불러 뱃속에 있던 것들을 보여주기도 했다. 어떤 때는 계란이 되지 못한 채 뱃속에 알알이 머물러 있던 노란 것들을 똑똑히 보라고 한 적도 있었다. 젊었던 부모님은 이런 게 바로 좋은 체험학습이라고, 서로의 말에 동조하며 닭 몸뚱이를 이리저리 살폈다. 누가 봐도 부모님이 우리 형제들보다 신이 나 있다는 걸 알 수 있었다.

너, 뭐 먹고 살쪘니?

그 당시 부모님은 마치 분업이 잘되는 짝꿍처럼 역할을 나눠 끓는 물로 닭털을 뽑고 배를 갈라 내장을 빼냈다. 그러고는 닭을 푹 삶아 백숙을 만들어줬다. 엄마표 백숙은 후추가 섞인 굵은소금을 찍어 먹어야 제 맛이 났다. 나는 오돌토돌한 닭 껍질을 먹지 않고 골라냈다. 닭살만 봐도 산 채로 끌려왔던 닭이 떠올랐다. 미끌미끌한 살 촉감이 너무 생생해서 마치 닭이 죽어서도 산 것처럼 느껴졌다. 밥상 위에 어떤 게 남아 있든 엄마는 남은 것들을 싹 먹어 치웠다.

　나는 엄마가 막냇동생을 가졌을 즈음에는 아기가 엄마 뱃속에 들어 있을 거라는 상상은 하지도 못한 채, 우리 형제들이 남긴 밥을 먹어서 배가 나오는 것이라 생각했었다. 엄마의 배가 눈에 띄게 부풀어 오르는 것을 보고는 너무 위태로운 게 아닌가 싶기도 했다. 어느 순간 엄마 배가 풍선이 터지듯 빵하고 터져 버릴까봐 나는 늘 조마조마했다. 우량아였던 막냇동생을 낳고 배가 쑥 들어간 모습으로 집으로 돌아온 엄마를 보고야 안심했던 기억이 난다.

아버지와 통닭
　젊었던 내 아버지는 흰 와이셔츠가 잘 어울리는 어른이었

다. 원로배우 남궁원 과랄까 (지나친 주관이 개입되어 있음을 부정하
지 않겠다).

　젊었던 아버지는 행복한 가정을 꾸리고 싶어 했다. 가정
을 꾸리는 누군들 그러지 않았겠냐마는 아버지는 그 희구가
더욱 애잔하고 간절해 보였다. 내가 이렇게 느꼈던 건, 아버
지가 자라온 환경에 대해 얼핏, 설핏 들었기 때문이었다. 무
심했던 할아버지와 이기적이었던 형제들 사이에서 아버지는
매일 악전고투하는 삶을 살았던 것 같다. 아버지는 약하고
여린 막내였다. 그런 아버지를 챙겼던 건 오로지 아버지보다
더 주눅 들어 살던 할머니였었단다.
　비록 한 때였지만, 아버지는 퇴근하고 집에 돌아와서도
우리와 잘 놀아주었다. 우리 다섯 형제와 과자를 걸고 가족
오락관에서 봤던 게임을 하기도 했었는데 늘 내가 이길 수
있게 편파적인 룰을 만들어서 형제들의 원성을 사기도 했
었다.
　또 아버지는 불콰하게 술에 취한 밤이면 꼭 손에 뭔가를
들고 들어왔다. 수전노의 아들로 자랐던 아버지는 역시나
짠돌이였는데, 그래도 우리를 위해서 통닭을 사 오거나 조
안나 골드나 투게더 같은 큰 컵 아이스크림을 사 오기도 했

다. 포장 종이가 닭기름에 젖어 눅진해진 상태로 우리 앞에 배달되어 왔던 통닭. 다섯 형제가 밥숟가락을 들어 몇 번 헤집으면 이내 바닥이 드러났던 투게더. 다섯 형제들은 한자리에 동그랗게 모여 앉아 아버지가 사 온 것들로 입안을 채웠다. 자라면서 음식 먹는 속도가 점점 빨라진 건 필연이었다.

그렇게 짠돌이였던 아버지도 가끔씩 노상에서 푸성귀를 파는 노인들을 보면 이것저것 닥치는대로 사오곤 했다. 고향을 멀리 떠나온 뒤로 사무쳤던 할머니에 대한 그리움 때문이었을 것이다. 나는 몇 번이고 아버지가 할머니를 부르며 목 놓아 울던 날을 기억한다. 술 취한 날 밤 아버지가, "엄마, 엄마!" 소리를 하며 아이처럼 두 다리를 뻗고 울던 모습이 아직도 눈에 선하다.

닭은 닭으로 끝나지 않고 닭인 채 닭이 아닌 기억으로 오래오래 내게 머물러 있다. 빨간 대야 안에 붙들린 채 사위를 살피던 흰 닭, 미끌미끌한 닭 껍질, 눅진해진 포장 종이를 떼어 내며 신나게 뜯어먹던 통닭구이, 그 닭 속에는 젊었던 내 아버지와 어머니가 있다.

그 젊었던 모습을 뒤로하고, 이제는 그날의 기억들을 하나씩 잃어가고 있는 아버지가 있어 나는 오늘도 그 날을, 그 기억을 되살린다.

생생했던 아버지를 되살린다.

끝날 때까지 끝난 게 아닌 닭요리

아버지가 사오시곤 했던 통닭을 떠올리며 사러 가려 했으나, 시국이 또 코시국인지라 멀리 나가는 것을 망설이다 포기하고 말았다. 동네에 새로 생긴 '푸라닭'에서 가장 인기 많은 메뉴를 포장해왔다. 닭보다 치킨이 맛있는 건 부정할 수 없는 진실이다.

포장이 과한 건 무척이나 아쉬웠다 (이래놓고 두 번 더 사먹었다.).

할라피뇨와 마늘 후레이크가 듬뿍담뿍 들어간 닭튀김. 맛있었지만 다 먹지 못하고 반 이상을 남겼다.

나는 먹다 남은 닭고기를 이용해 냉채를 만들어 먹기도 하는데, 이번 순살 치킨은 이미 넘치게 양념이 되어 있는지라, 냉장고 안에 있는 채소를 몽땅 털어 섞어 보았다.

먼저 닭살을 잘게 쪼개고, 채소 역시 비슷한 크기로 썰어

너, 뭐 먹고 살쪘니?

준다. 볼에 넣고 섞어주면 끝!

아무 양념도 안 했지만, 이미 넌 양념 범벅이지.

끝날 때까지 끝나지 않는 보쌈, 족발도 있다. 술파티가
끝난 다음날은 언제나 재활용 요리!

닭 한 마리는
꽤 여럿을
든든하게 한닭!

독서실을 다닌다고 모두 공부를 하는 건 아니지

내가 중학교 때는 사설 독서실이 많았다. 대부분 24시간 운영되는 곳이었다. 남녀 공간이 분리되어 있었지만 뜨거운 호기심까지는 분리시키지 못했다. 독서실 자기 칸에 가방만 던져 놓고 집에 돌아가기 직전까지 휴게실에서 놀던 학생들도 있었다. '자연스러운 만남 추구'가 언제라도 가능한 곳, 그곳이 바로 독서실이었다.

물론 통제 시스템이 아주 없는 건 아니었다. 붙박이로 독서실에서 먹고 자고 하면서 학생들을 관리하는 총무도 있었다. 하지만 총무와 친해지면 이게 또 답이 없는 일이었다. 하여간 사랑이 꽃피는 독서실이었던 것만은 분명했다.

물론 나는 그 '자만추' 무리의 핵심에 있지는 않았다. 그렇다고 열공모드로 독서실을 다녔던 것도 아니었다.

그래도 독서실은 독서실인지라, 공부하는 학생들이 훨씬 더 많았다. 대부분의 학생들은 자정까지 공부를 하다 집으로 돌아갔고 남은 몇이 밤을 새우거나 새벽까지 버티다가 쪽잠을 자기도 했다. 아예 이불을 깔고 잠을 자는 학생들도 있었다. 나도 자주 독서실에서 잤다.

부모님이 좋아하는 단어가 독서실이었으므로, 나는 그 핑곗거리를 자주 활용했더랬다. 독서실에서 잔다고 하고 친구 네 집에서 자기도 했었으니까.

무박 2일 동해 여행을 감행하다

친구 J는 나보다 조숙했고, 나보다 아는 게 많았다. 팝송이나 연예인, 이성, 그리고 어른들이 절대 말해주지 않는 성적인 것들까지도 나는 J를 통해서 알게 된 게 많았다. J가 좋아하던 소설, 좋아하던 선생님, 좋아하던 어떤 남자에 대해서도 늘 공감해주면서, 함께 그 감정을 공유하기도 했다. 생각해보면 J와 있을 때면 나는 늘 주관이 없이 J에게 휘둘렸던 것도 같다.

겨울이 깊어진 어느 날, J가 동해에 다녀오자고 했다. 청량리에서 밤기차를 타고 떠나면 새벽에 일출을 보고 올 수 있는데, 그러면 독서실에서 하룻밤을 새운 거나 다름없이 돌아올 수 있다고 말이다. 꽤 솔깃하게 들렸다.

다음날 저녁, 우리는 밤기차를 타러 청량리역으로 갔다. 표가 없어서 좌석 하나, 입석 하나를 샀고 번갈아 가면서 앉고, 서고, 자고 했다.

밤기차는 흔들흔들 달려 나갔다. 그런데, 중간에 우리 앞자리 유리창으로 돌이 날아 들어오는 사고가 있었다. 유리 파편이 사방으로 퍼졌고, 나는 파편이 퍼져나간 반경보다 더 크게 놀랐다. 설렘은 놀람으로, 놀람은 금세 피로감으로 나를 휘감았다. 그런 중에도 기차는 쉬지 않고 동해를 향해 달렸다. 사고 이전의 설레던 마음은 무슨 일이 일어날지 모르는 긴장감으로 마음을 얼어붙게 했다. 얼마나 가면 동해가 나올까? 괜히 출발 이전의 시간을 그리워하게 되었다.

동해에서 만난 인연

졸다 깨다 하는 동안 동해에 닿았다. 우리는 졸린 눈을 비비며 동해역에 내렸고, 거기서 멀지 않은 해안가로 갔다. 돌무더기 위를 깡총거리며 걸어 다녔고, 모래 해안을 따라 걷기도 했다. J는 일회용 카메라에 그날의 사간을 담았다.

너, 뭐 먹고 살랬니?

얼마 안 되어 수평선 너머로 태양이 떠올랐다. 나와 J는 수평선에 걸려 넘실대던 붉은 기운이 완전한 구의 모습을 하기까지 넋 놓고 지켜봤다. 마음에 품고 있던 여러 가지 소망들을 타오르는 태양에 대고 빌었다.

그곳에는 우리 외에도 여러 명의 사람들이 있었다. 카메라 삼각대를 세우고 일출 사진을 찍는 사람들도, 우리처럼 둘이나 셋이 뭉쳐 다니는 사람들도 있었다.

그중 일출 사진을 찍던 한 아저씨가 우리를 향해 이렇게 말했다.

"너희, 집 나왔지?"

우리를 비행 청소년 정도로 생각하는 듯한 뉘앙스였다. 아닌 것도 아니었지만, 맞는 것도 아니라서 우리는 슬금슬금 다른 곳으로 자리를 옮겼다.

우리가 옮겨간 쪽에도 한 무리의 어른들이 모여서 왁자하게 사진을 찍고 있었는데, 그들에게도 우리는 좀 특이한 꼬마들처럼 보였던 모양이었다. 여자 한 명과 남자가 다섯 명정도 되는 팀이었는데, 우리에게 친근하게 말을 걸어주고, 함께 움직이자고 했다. 나는 마뜩찮은 마음이 들기도 했지만 J

는 여러 명이니 함께 가자고 했다.

그들의 승합차에 오르면서도 나는 의심의 끈을 놓지 않았다. 이동하는 중간 J는 옆에 앉은 안경 쓴 남자와 계속 대화를 나누기도, 잠깐씩 잠에 들기도 했는데, 나는 대화에 끼어들 수도, 잠을 잘 수도 없었다. 눈앞에 있는 모든 게 다 의심스러웠고, 두려웠다. 내 눈이 어떻게 사방을 훑었을지, 지금 돌이켜보면 그 모습을 떠올리는 것만으로도 부끄러워진다.

그 한 무리의 어른들은 SBS가 개국할 무렵, '빛돌이' 캐릭터를 탄생시킨 팀이라고 했다. '빛돌이'를 만든 후 팀 전체가 포상 휴가를 온 것이라고 알려줬다. 유일한 여자 어른은 청바지에 갈색 로퍼를 신고 있었는데 긴 생머리를 쓸어 넘기면서 우리를 향해 자주 웃어주었다. 그 여자 어른이 없었더라면 그 팀에 합류하지 않았을 것이다. 그리고 그 차에는 안경 긴 날씬한 남자, 안경 끼고 머리가 좀 컸던 살찐 남자, 키 작고 기타를 쳤던 머리숱이 많았던 남자, 운전하던 남자 등이 있었다. 나는 아직도 우리와 마주 앉았던 살찐 남자의 금테 안경과 그가 입었던 파란 점퍼가 기억난다. 기타를 쳤던 남자의 체크무늬 셔츠도 떠오른다 (기억력 무엇?).

너, 뭐 먹고 살쪘니?

차를 타고 이동할 때는 기타 반주에 맞춰 다들 노래를 불렀다. 익숙한 노래를 야한 가사로 개사한 노래를 부르기도 했는데, 몇 번 부르더니 우리를 가리키며 "애들도 있는데 그만 하자" 면서 다른 노래로 바꿔 불렀다. 노래를 부르듯 대화를 했고, 대화를 하듯 노래를 이어나갔다. 대부분 삼십 대 전후였을 그들은 노래를 참으로 좋아했다.

그렇게 나와 J는 빛돌이 팀과 함께 속초 여행까지 하게 되었다. 비선대도 올랐고, 신흥사에도 갔다. 우리는 에델바이스를 파는 기념품 가게도 돌아봤고 백숙을 파는 가게에 들러 점심을 먹기도 했다. 청바지가 잘 어울리던 긴 머리 언니는 하얀 닭 육수가 끓어오르던 백숙을 내 그릇에 옮겨주었다. 백숙을 좋아하지 않던 나였는데, 그날만큼은 닭이, 닭 국물이 참 달았다. 입안이 까끌거릴 만큼 피곤했는데, 그 뜨거운 국물이 왜 그렇게 마음을 따뜻하게 해 주었는지 모르겠다.

밥까지 잘 얻어먹고도 나는 편하게 이런저런 이야기를 나누지는 못했다. 그런 나에 비해 J는 그들과 금세 친해졌고, 잘 웃고 자기 이야기도 많이 나누었다. 새침한 편이었던 친구의 넉살이 그날따라 대단해 보였다.

서울로 오는 길에는 의심이고 뭐고 너무 피곤했고, 집에
가서 발을 뻗고 제대로 자고 싶은 마음이 간절했다. 배불리
먹고 나니 긴장도 풀어졌다. 의심도 차츰 잦아들었고 중간,
중간 나는 졸기까지 했다.

빛돌이 팀의 승합차가 강변역에 닿았다. 서울에 들어오면
서부터 어른들은 "우리가 이 어린애들까지 데리고 뭘 한 거
냐"면서 서로에게 되물었고, 우리 둘을 데리고 다닌 것을 대
견해 하기도, 의아해 하기도 했다.

강변역에서 빛돌이 팀은 버스를 타고 갈 사람과 지하철을
타고 갈 사람으로 나뉘었다. 머리숱이 많은 아저씨가 낙성대
방향으로 간다고 해서 우리는 아저씨를 따라 지하철역으로
향했다. 팀 내에서 제일 연장자처럼 보였던 아저씨는 표까
지 사주면서 우리가 어디서 내리는지 다시 한번 더 확인했다.
그리고 마지막까지 집에 잘 들어가라는 당부를 잊지 않았다.
정말 우리가 집을 나온 애들처럼 보였던 모양이었다.

빛돌이 팀 덕분에 나는 집에 무사히 돌아올 수 있었고, 돈
도 절약할 수 있었다. 또, 낯선 어른들에게 받은 배려 덕분에
나는 어른들에 대해 좀 더 긍정적인 생각을 품게 되었다.

너, 뭐 먹고 살렸니?

나는 빛돌이 팀과는 더 이상 인연이 이어지지 않았지만, J
는 승합차 안에서 나란히 앉아 이야기를 나눴던 안경 아저
씨와 한동안 만났었다. 밸런타인데이에도, 화이트데이에도
만났는데 딱 거기까지였다고 들었다.

SBS가 창립 30주년이라고 한다. 그러고 보니, 빛돌이 팀
과 속초를 다녀온 것이 벌써 30년 전의 일이다. 통기타 반주
와 어른들의 노랫소리로 흥이 넘쳤던 승합차, 낯선 어른들의
친절, 그리고 백숙. 잊지 못할 기억이다.

가끔 종로에 있는 '닭 한 마리 골목'에 가서 끼니를 때우기
도 하는데, 그때마다 중학교 때 강원도에 갔던 생각이 난다.
그 어른들은 잘 살고 계실까? 낯선 아이들의 탈선(?)을 무심
히 넘기지 않고 보듬어주려고 했던 그 마음을 나는 언제나
감사히 생각한다.
나도 누군가에게는 그런 모습으로, 그런 어른이고 싶다.

깔끔 닭 한 마리

SBS 창립 30주년, 이제는 아무도 찾지 않는 빛돌이를 추
억하며, 닭 한 마리를 먹으러 가려고 했는데 역시나 시국이

시국인지라, 직접 시도해 보기로 했다.

어차피 내가 먹을 거,
실패가 부끄럽거나 두렵지 않으므로 도전!

동네 마트에서 산 생닭 6호. 봉지에서 닭을 꺼내고 나서, 바로 후회했다. 6호 닭, 너는 너무 생생한 닭의 모습과 느낌을 가지고 있구나. 지방이 좀 있는 데다 껍질은 보기도, 먹기도 싫어서 벗기기로 했다. 생각보다 꽤 공을 들였던 벗기기 시간. 얘도 엉덩이에 지방이 좀 있더라. 어쩔 수가 있나. 삭삭 걷어내야지. 원래도 작은 닭이었는데 더 날씬해졌다.

날씬해진 닭을 냄비에 넣고 끓인다. 오래 끓이면 끓일수록 닭육수가 진해지긴 하지만, 나는 보이차 우린 물을 베이스로 활용한다 (점점 안드로메다로 가는 듯). 여기에 대추, 마늘, 양파, 대파, 청양고추 등을 송송 썰어서 넣는다.

여기에 밀떡이든, 채소든 더 넣어도 된다. 30분을 더 끓이고 마지막에 고춧가루와 마늘을 넣고 한소끔 끓여낸다.

들기름, 간장, 식초, 마늘, 고춧가루, 그리고 매실액을 섞어 만든 이른바 특제소스를 찍어 먹으면 정말 맛난다.

맛있으면 대성공인 거쥬?

세상에서 가장
맛없는 김밥
그래서 더 그리운 그때의 아버지

소풍엔 김밥

지금이야 김밥이 흔하디흔한 음식이 되었지만 내가 어릴 적엔 소풍날 정도가 되어야 먹는 음식이었다. 특별한 날에 맞는 특별하고 간편한 도시락 음식. 소풍이 기다려지는 이유는 김밥 때문이기도 했다.

나는 오 남매의 셋째. 막내를 제외하고는 모두 두 살 터울이다. 어릴 때는 늘 셋 이상은 소풍날이 겹쳤다.

엄마는 소풍 전날부터 분주했다. 당일 아침에 해도 되는데 미리 사놓은 과자와 음료수를 각각의 소풍가방에 나눠 챙겨뒀다. 평소 가게에서 파는 군것질거리는 별로 사주지 않던 엄마도 그날만은 예외였다. 탄산음료가 몸에 안 좋다고

너, 뭐 먹고 살았니?

굳게 믿었던 엄마였지만 소풍 때는 시럽 향이 강했던 탐스를
사주기도 했다.

소풍날 아침에는 김밥 도시락과 탐스, 새우깡을 비롯한
과자 두어 봉지, 그리고 용돈 천 원이 주어졌다. 학년이 높아
질수록 액수는 많아졌지만 부족하기는 마찬가지였다.

이것은 어디에도 없는 맛

그런데, 언젠가 한 번은 엄마가 김밥을 싸지 않은 적이 있
었다. 부부싸움을 하고 새벽 일찍 집을 나가버렸기 때문이었
다. 일종의 사보타주. 그래서 그날만은 아빠가 김밥을 싸줬
다.

똑같은 재료를 한 데 모아 싼 것인데 맛은 천양지차였다.
이럴 수도 있는 건가 싶을 정도였다. 김에 맨밥만 넣고 말아
도 이것보다는 나을 거 같았다.

소풍날 점심은 친한 친구들끼리 둘러앉아 서로의 김밥을
교환해가며 먹는 재미가 있는데 그날만은 그 재미를 누리지
못했다. 내 김밥은 인기 꽝이었다.

집에 돌아오니 김밥을 남겨온 건 나뿐만이 아니었다. 우
리 형제들은 지옥에서 온 요리사 대신 엄마가 얼른 돌아와
주기를 기다렸다.

다행히 저녁 무렵 엄마는 집에 돌아왔고 우리는 다시 원래의 식사를 할 수 있었다.

지금 아버지는

지금은 그때의 어설프고 건강한 아빠가 너무나도 그립다.

아버지는 2020년 12월부터 병원에 입원해 계신다. 손에 힘이 안 들어간다고 해서 응급실에 갔는데 뇌경색 진단을 받았다. 그래서 코로나 검사를 하고 입원을 했다. 약으로 혈압을 내리기도, 더러는 올리기 위해 또 다른 약을 쓰기도 했다. 게다가 이런저런 검사로 여러 문제들을 발견하게 됐다. 방광안에 혹이 있어 수술을 해야 한다고 했다. 응급실에 있을 때부터 코로 관을 넣어 관급식을 했는데 그 때문에 흡인성 폐렴이 걸렸다. 입원 전에는 식사도 잘하셨고 말도 분명히 하셨는데 입원한 이후부터는 식사도, 말도 전처럼 편하게 하지 못한다.

병구완

더 늦게 입원하지 않은 게 다행이다 싶으면서도, 의학적 지식이 없는 나로서는 점점 상태가 안 좋아지는 아버지를

너, 뭐 먹고 살쪘니?

보면서 불안해하지 않을 수가 없다. 의료진도, 간병인도 최선을 다해주고 있겠지만 불안을 잠재우기가 힘들다.

오늘 아버지를 중증환자들이 있는 병실로 옮겼다. TV에서 나오는 소리 외에는 생기 있는 소리가 없는 병실이다. 기계에 의존해 겨우 숨을 몰아쉬는 환자들 가운데 아버지가 말간 눈을 껌뻑이며 누워 있다. 나를 또렷이 알아보지만 몸 어디도 스스로 움직이지 못한다.

아버지는 천장을 올려다보며 혼잣말을 한다. 나는 아버지의 목소리를 들으며, 지나간 기억들을 되짚는다. 그리고 내내 뜨개질을 한다. 아버지의 모자를 뜨고, 아버지의 조끼를 뜬다. 어떤 생각이나 판단, 읽고 쓰는 것이 정지된 상태로 나는, 계속 손을 움직인다. 이 시간이, 이 현실이 내게 무력감을 주지만, 나는 무력해지지 않기 위해 무심히, 그리고 쉬지 않고 손을 움직인다.

"이번엔 뭘 뜨는 거니?"

언제부터 보고 있었는지, 아버지가 어눌한 목소리로 묻는다.

　"지난 번에 아버지 조끼랑 모자를 떴으니, 이제는 내 것을 좀 뜨려고 해."

　아버지가 잠시 입을 달싹이다 천천히, 힘을 줘가며 말한다.

　"네 엄마 것부터 떠줘라."

　역시 딸보다 아내다.

　내가 피식피식 웃자, 아버지도 웃는다.
　만나면 투닥투닥하면서도 서로의 손을 맞잡는, 애증으로 점철된 50년 부부사를 내가 어떻게 한두 마디로 재단할 수 있겠는가.
　나는 엄마의 조끼를 뜨기 시작한다.

설탕 듬뿍 뿌린
양푼 딸기는
추억 속으로

딸기가 좋아!

냉장고가 없었던 시절, 매일 장을 봐서 그날 먹을 걸 그날
해 먹던 그때 그 시절, 저녁상을 물리고 엄마가 내왔던 간식.

엄마는 뭐든 많이, 큰 걸 사 와야 했다. 고만고만한 애들
이 다섯. 그것도 다들 먹성이 좋았으니.

한 봉지 가득 사온 딸기를 씻어 꼭지를 떼어내고 양푼에
담았다. 과육이 다치지 않게 살살 다루는 게 킬포. 그리고,
밥숟가락으로 설탕 몇 스푼을 떠 넣고 쉐킷 쉐킷 하면!

부엌에서 풍겨 나온 딸기 향이 온 집안에 가득했다. 딸기
향에는 그 어떤 것도 범접할 수 없는 '산뜻함'이 담겨 있었

다. 그 누구라도 코를 벌름벌름하게 만드는 신선하고 향긋한 단내!

우리는 포크를 하나씩 들고 양푼을 중심으로 모여들었다. 자연스레 먹는 속도가 빨라졌다. 그렇게 빛의 속도로 사라진 꿀딸기. 우리 오 남매가 포크를 빼고 물러나면 양푼 바닥에는 딸기를 스친 설탕물이 선홍색으로 고여 있었다.

엄마는 그걸 맛있게 먹었다. 한 방울도 남김없이. 다 먹고 나서 손등으로 입가를 훔치는 행동은 엄마의 시그니처였다.

그냥 먹어도 달디단 딸기에, 엄마는 왜 설탕을 섞었을까?

나는 오랫동안 그 의문을 갖고 살았다. 요즈음 드는 생각은, 먹을 게 많지 않았던 시절, 딸기만으로 부족한 허기를 당분으로 채워주려던 게 아니었을까 싶다. 그때는 뭘 먹어도 허기졌던 때였으니까. 다 크려고 그러는 거였겠지.

딸기를 먹을 때마다 양푼째 설탕을 섞어 먹던 딸기가 생각난다. 하지만 지금은 딸기만 먹는다.

나이가 들면서 점점 나는 인공적인 단맛을 멀리하고 있다. 본연의 맛과 향을 즐기는 게 좋아졌다. 슴슴하고 밋밋해

너, 뭐 먹고 살았니?

도 타고난 풍미를 지닌 것들을 사랑하게 됐다. 물론 딸기는 전혀, 슴슴하거나 밋밋하지 않아서 늘 나를 설레게 한다.

딸기로 배 한 번 터져보았으면 원이 없겠네, 라고 생각했는데 그 생각만으로도 혀끝에 침이 고인다.

저 밑에 가라앉은
검은 기억
짜장면

짜장면이 검은 이유는

저 밑에 가라앉아 있는 기억을 품고 있기 때문이야

나는 짜장면을 좋아한다. 그중에서도 간짜장이 좋다. 여유가 있을 때는 삼선 짜장면을 먹는다 (TMI: 탕수육은 찍먹이다). 짜장면을 먹을 때는 고춧가루를 뿌려 먹는데 기름에 볶은 춘장에 고춧가루가 섞이면 든든하면서도 속 시원한 맛이 난다.

짜장면을 먹을 때마다 떠오르는 것들이 있다. 나름 얼리어댑터였던 엄마의 국수 기계, 막내를 달라고 하던 동네 어른, 둘째 큰아버지 집에서의 밋밋한 환대, 할아버지의 임종,

프랑스 중부에 살고 있는 자일즈와 유베어, 그리고 기섭이.

　젊었던 시절, 엄마는 나름 신기술을 좋아하는 사람이었다. 우리집은 4녀 1남이 와글와글 뒹구는 흥부네 집이었으므로, 뭘 해도 양을 많이 해야 했던 엄마는 뭐든 쉽고 빠르게, 많이 만들었다. 엄마가 직업 전선으로 뛰어들기 전까지, 우리 오 남매는 엄마 손으로 빚어낸 많은 음식들을 맛보며 자랐다.

　엄마는 주전부리를 좋아하는 편이었고, 시장에 따라나선 사람은 뭐라도 입에 물고 집에 돌아왔다. 집에서도 엄마는 세끼 밥 외에 여러 가지 간식을 만들어줬는데, 막걸리를 넣어 걸쭉하게 반죽해 찐 술빵, 물에 착향 탄산 가루를 넣어 얼린 셔벗, 비 오는 날마다 부쳐줬던, 부추와 청양고추가 들어간 부침개 등이 그런 것들이다.

　어느 날, 엄마는 중소기업 전시장에 가서 국수기계를 사왔다. 밀가루 반죽을 기계에 넣고 기계 옆에 붙은 손잡이를 돌리면 쭉쭉 늘어난 반죽이 미끄러져 내려왔다. 몇 번 기계를 오간 반죽을 반대편으로 밀어 넣고 핸들을 돌리자 균일한 크기로 잘린 국수가 뽑혀 나왔다. 밀대와 칼을 대신해서 반죽을 밀어주고 썰어주는 기계였다.

지금 생각해보면 대단한 신문물도 아닌데, 엄마는 며칠을 그 기계로 음식을 해줬다. 칼국수를 해서 동네 사람들과 나눠 먹었던 기억도 난다. 동네 평상에 앉아 이웃들끼리 짜장면을 먹었던 기억도 생생하다. 면과 춘장만 넣어 버무린 밋밋한 짜장면이었다. 모양과 맛이 어떻든, 시장 입구 중국집에서 600원 하던 짜장면을 집에서 해 먹는다는 것만으로도 나는 괜히 어깨가 우쭐해지기도 했었다.

동네 아주머니 중 한 분은 가끔 우리 형제들을 데려가 그 중국집에서 짜장면을 사주기도 했었다. 가난한 아이들을 짠하게 여겨 베풀어주시는 모양새였지만, 나는 마뜩찮은 느낌을 받았더랬다. 그분은 엄마보다도 나이가 한참이나 많았는데, 자식이 없었다. 그래서인지 오 남매나 득실대는 우리 집을 언제나 부러워했다. 그리고 심심찮게 막내를 자기 달라고 말하기도 했다. 정말 먹고 살기 어려워 엄마가 막내를 줘버리면 어쩌나 싶을 때도 있었는데, 그런 일은 일어나지 않았다.

나는 초등학교 고학년 때 처음으로 아버지의 고향에 가봤다. 나는 그때, 우리 집에 다녀갔던 할머니를 제외하고 나

너, 뭐 먹고 살쪘니?

의 친족이자 아버지의 가족들을 처음으로 만났다. 서울에서 경남 고성은 너무 먼 곳이었고, 다섯 남매들을 데리고 자주 다녀올 수 있는 거리가 아니었다. 물론 비용 문제가 가장 컸을 것이다. 명절이나 집안 대소사가 있을 때면 부모님과 큰언니, 그리고 남동생만 다녀왔다. 가족 모임에 가보지 못한 나머지 셋은 족보에도 안 올라가 있다는 이야기를 들은 것 같기도 했는데 그건 사실이 아니었다.

아무튼 그해는 어쩐 일인지, 엄마가 우리 오 남매 모두를 시골에 보냈다. 큰언니가 우리를 인솔할 수 있을 거라고 믿었던 것 같다.

그리고 그곳에서 엄마가 만들어줬던 것과 같은 밋밋한 짜장면을 다시 맛보게 되었다. 둘째 큰엄마가 서울에서 조카들이 내려왔다고 해준 음식이었다. 춘장과 면만 있는 짜장면. 밋밋하고 맛이 없었지만 남기지 않고 다 먹었다. 서울에서 온 애들이 버릇없이 편식한다는 소리를 듣고 싶지 않아서였다. 다 먹고 나오면서 우리 형제들은 저수지 위에 큰 집을 짓고 사는 큰엄마가 돈을 아끼느라 아무것도 안 넣은 것이라고 구시렁거리기도 했다. 엄마가 해줬던 것과 비슷한 밋밋한 짜장면이었는데도 말이다.

나는 할아버지, 할머니에 대한 기억이 별로 없다. 외할아버지는 너무 일찍 돌아가셨고, 외할머니는 반대하는 결혼을 했다며 아버지의 자식들인 우리를 대놓고 차별했었다. 친할머니는 딱 한 번, 내가 막 초등학교에 입학했을 즈음, 우리집을 방문한 적이 있었다. 자신의 몸집보다 큰, 몇 단의 알타리무를 이고 기우뚱 기울어질듯 말듯 언덕길을 올라 대문 없는 우리집을 찾았던 친할머니. 오로지 막내아들에게 손수 김치를 담가주고 가겠다는 생각으로 그 먼 곳에서부터 알타리무를 이고 온 것이었다.

엄마가 음식을 준비하는 동안, 나와 두 언니들은 꼼짝없이 붙잡혀서 할머니와 함께 알타리무를 다듬어야 했다. 두 언니들은 화장실을 간다며 나갔다가 다들 도망을 가버렸지만, 나는 그런 잔머리를 굴릴 줄 모르는 어린애였고, 끝까지 남아 할머니와 알타리무를 다듬었다.

그날 이후부터 서울 이야기만 나오면 할머니는 내 이야기부터 꺼냈다고 했다. 끈기와 오기가 있는 서울 셋째 손녀를 말이다.

시골에 가서 만난 할머니는, 또 알타리무를 다듬던 그날의 나를 언급했다. 나를 처음 보는 아버지의 친족들도 다들 나를 알타리무를 다듬던 서울 셋째로 불렀다. 희랍 서사에 나오는 이디엄idiom처럼, '누구누구의 자식이자 알타리무를 끝까지 다듬던 자'로 말이다. 정말로 어른들이 그 일을 이야기할 때면, 토씨도 거의 안 틀리고 똑같은 말을 하곤 했는데, 그 말은 칭찬 같기도, 응원 같기도, 어쩌면 계시 같이 들리기도 했다.

그리고 나는 그때, 처음으로 할아버지를 보았다.

우리 둘의 만남은 '만났다'가 아니라 '보았다'로 서술하는 것이 온당하고, 정확한 표현이다.

할아버지는 툇마루에 나와 한쪽 다리를 접어 세우고 두 손을 그 위에 괴고 앉아 계셨다. 우리는 아무런 대화도 나누지 않았다. 나는 내가 누군지 말하지 않았다. 아마 할아버지는 우리 오 남매가 막내아들의 자식들이라는 것 정도는 알고 있지 않았을까 싶다.

나는 책 속의 인물을 들여다보듯, 액자 속에 멈춰 서 있는 사람을 보듯, 그렇게 할아버지를 보고 있었다. 늙고, 마른 몸이었지만 어딘지 모르게 강단이 느껴지는 모습이었다. 그리고 그 여름의 짧은 첫 마주침은 할아버지와의 마지막 만남이 되었다.

할아버지는 그해를 넘기지 못하고 돌아가셨다. 장례식에는 또 가족 대표들만 다녀왔다. 여름에 애들을 모두 시골에 보낸 건 정말 잘한 일이었다고 엄마는 누누이 강조했다.

전해 듣기로, 90세였던 할아버지는 무탈하게 식사도 하고 산책도 하며 지내셨는데, 돌아가시기 일주일 전부터 곡기를 끊으시고 물만 드셨단다. 할아버지가 다녀온 화장실은 도저히 아무도 쓸 수 없을 정도로 악취가 풍겼다고 했다. 90년 동안 살면서 묵혀두었던 것들을 씻어내었던 것일까? 일주일 내내 속을 비워내던 할아버지는 어느 새벽 조용히 숨을 거두셨다.

임종을 지킨 것은 나와 동갑인 사촌이었다. 너무 이른 새벽에 눈이 떠진 사촌은 무작정 할아버지 집으로 건너갔고, 할아버지의 마지막 순간까지 손을 잡아드렸다고 했다. 그 일을 두고 어른들은 사촌의 영검함을 침이 마르도록 칭찬했다.

할아버지는 부잣집 막내아들이었다. 대대로 불교 집안의 막내였던 할아버지는 어릴 적 출가했다가 파계해 가정을 꾸렸다. 왜 그래야 했을까? 궁금했던 적이 많았지만 나는 아무

너, 뭐 먹고 살았니?

에게도 그걸 물어본 적이 없었다.

나는 할아버지가 어떠한 삶을 살다 가셨는지 알지 못한
다. 다만 수전노였다는 것과 권위적이고 억압적이었다는 것,
그리고 가족들을 그다지 돌보지 않았다는 것 정도만 알고
있다. 아버지는 할아버지에 대한 원망과 서운함이 많은 것
같았지만 그걸 구체적으로, 자세히 토로한 적은 없었다. 생
각하지 않으려 지워버린 것처럼 아버지는 할아버지 이야기
를 한 적이 별로 없었다. 반대로 할머니에 대한 그리움과 사
무친 마음은 자주 드러냈는데, 지금에 와서야 나는 이 양가
적인 마음이 결국 하나였을 거라는 생각을 하게 되었다.

나의 프랑스 오빠들

2019년 여름, 나는 친구들을 만나러 프랑스에 다녀온 적
이 있었다. 인도에서 알게 된 자일즈와 유베어 부부의 집에
초대를 받아 간 것이었다. 자일즈는 영국인이었고, 유베어는
프랑스인이었다. 둘은 런던에서 처음 만났는데, 일곱 살이나
많았던 자일즈가 유베어에게 첫눈에 반해서 연애를 하게 되
었고, 결혼을 했다고 했다. 재밌는 건, 내가 런던 여행을 갔
을 때, 셰익스피어 글로브 극장에서 〈헛소동〉이라는 연극을
보고 있을 무렵, 그들은 극장에서 불과 두 블록 떨어진 곳

에서 가족과 친한 친구들만 모여 조촐한 결혼식을 올렸다고 했다. 근사한 양복을 차려 입은 두 남자가 팔짱을 끼고 환하게 웃는 모습의 웨딩 사진은 생경하면서도 아름다웠다. 식을 마친 그들은 산토리니 섬으로 허니문을 떠났고, 이아 마을에서 낙조를 보았다고 했다. 나 역시 스페인에 들렀다가 그리스로 갔고, 산토리니 섬에 들러 낙조를 보았다. 여행이 다 거기서 거기겠지만, 두 개의 지명이 비슷한 날짜에 겹치자 우리는 환호하고 말았다.

그들의 집에 가서 내가 제일 먼저 해준 음식이 짜장면이었다. 오뚜기 짜장라면을 간짜장처럼 만든 것이었는데, 식감도 맛도 괜찮았다. 한국 짜장면도 맛보지 못한 상태에서 먹기에는 낯설었을 텐데도 자일즈와 유베어는 맛있게 먹어줬다.

그들은 내게 근사하게 꾸며진 손님방을 내주었는데, 인테리어 디자인 관련 일을 했던 자일즈의 센스는 정말 대단했다. 정갈하면서도 아늑한 소품들 덕분에 자일즈의 집에 있는 동안 최고급 호텔에서나 누릴 수 있는 호사를 경험할 수 있었다. 내가 자던 침대는 자일즈가 어린 시절 쓰던 침대 프레임으로 만든 침대였다. 그들이 직접 만든 탁자 위에서 나는 일기를 썼고, 그들이 몇 년 동안 공사해 올린 2층 욕실에서

너, 뭐 먹고 살쟀니?

몸을 씻었다.

자일즈는 매일 아침 정원에서 꽃을 꺾어 우리가 함께 식사를 하는 탁자 위에 올려두었는데, 나는 그의 그런 감성이 너무 좋았다.

나는 영어를 잘 하지 못하는 데도 그들과 많은 대화를 나눴다. 생존영어 정도만 구사할 줄 아는 내가, 그들과 그리스신화의 메타포와 이디엄에 대해서 이야기하고, 가족과 기억에 대해서도, 프랑스와 영국, 그리고 한국의 의료 시스템에 대해서도 이야기를 나눴다. 나는 그들과 이야기할 때, 그들과 술잔을 기울일 때, 그들과 산책을 할 때 정말 행복했다. 자일즈와 유베어는 언제나 내 이야기를 잘 들어주었고, 적극적으로 반응해 주었다. 내 어설픈 농담 한 마디에도 우리는 배를 잡고 웃었다. 눈을 마주하고, 뺨을 스치고, 나란히 시골길을 걸었다. 이야기를 나눈다는 건, 좋은 말을 잘 전달하는 것보다, 어떤 말이든 잘 들어주려고 해야 한다는 것을 나는 그들을 통해 배웠다.

코로나가 물러가면 나는 제일 먼저, 다시 자일즈와 유베어를 만나러 떠날 예정이다. 그들의 집 마당에 앉아 해가 기우는 언덕을 내려다보며, 하루에도 몇 번씩 풀 뜯으러 오는 소들과 함께 아주 천천히 하루를 마무리하고 싶어서이다. 그들에게 새로운 짜장면을 선보여주고 싶기도 하다. 그리고 내가 그들의 집에 남겨두고 온 내 신발을 보기 위해서이다.

나는 그들의 집을 떠나올 때, 우리가 함께 식사를 하던 마당 한켠에 내 신발을 묻어두고 왔다. 그 집이 너무 좋아서 내 물건을 하나 두고 오고 싶었던 마음에 벌인 일이었는데, 막상 자일즈가 신발을 묻을 자리를 찾고, 삽을 땅을 꽂아 흙을 퍼내는 과정을 보고 있자니 왠지 모르게 마음이 경건해졌다.

자일즈는 내 신발 안에 흙을 채워 넣고, 우리는 한련화라고 부르는 카피신(불어: Capucine) 씨앗을 가져와 심어주었다. 우리는 두 손을 맞잡고 물뿌리개를 이용해 물을 주기까지 했는데, 이 일련의 과정을 통해서 나는 하나의 의식을 치른 기분이 들었다.

자일즈는 내가 떠나고 얼마 안 있어, 싹이 오른 사진을 보내주었는데, 이후에도 다른 소식들과 더불어 계속 꽃 소식을 전해주고 있다.

너, 뭐 먹고 살렸니?

나의 친구, 나의 동생 기섭이

기섭이는 서울예대 문예창작과 동기다. 시를 쓰던 친구였고, 나보다는 세 살이 어렸다. 친동생보다 더 가깝게 지냈고, 더 애틋했다. 가족이나 다름없었다, 가 아니라 가족이었다.

기섭이는 신춘문예에 등단하던 2005년 겨울에 교통사고로 세상을 등졌다. 눈이 많이 온 날이었는데 지방으로 출장을 가던 길이었다.

눈길에 미끄러진 고속버스 승객 중에 사망자는 기섭이가 유일했다. 안전벨트를 매지 않은 사람도 기섭이 뿐이었다. 휴게소에 잠시 정차했을 때, 기섭이는 화장실에도 다녀오지 않았다. 나가자는 동료의 말에, 기섭이는 "너무 피곤하다"라며 자리에서 잠을 청했고, 그건 그의 마지막 말이 되었다.

기섭이가 죽기 전 메일을 보낸 게 있었다. 조만간 모두 모여 식사를 하자고 했는데, 우리는 기섭이 장례식장에 모여 육개장을 먹었다. 모두 모여 앉아서 고개를 주억거리며 그렇게 밥을 먹었다.

기섭이에게는 친구가 많았다. 기섭이가 죽은 지 7일이 되던 날, 우리는 기섭이의 옥탑방에 모여 기섭이가 평소 먹던 음식을 만들었다. 새 밥을 짓고, 깍둑썰기한 채소와 춘장을 섞어 짜장을 만들었고, 부족하나마 그걸로 모두 짜장밥을 먹었다. 오래 살겠다며 술과 담배를 끊고 사이다만 마시던 기섭이었다. 우리는 사이다를 앞에 놓고 짜장밥에 소주를 마셨다. 다들 술에 취했고, 눈물에 취해 밤을 새웠다. 날이 밝자 모두 부은 눈을 하고 하나둘 옥탑방을 떠나갔다.

오래도록 우리는 기섭이를 놓을 수가 없었다. 우리는 기섭이의 사진과 노래, 시들을 모아 CD로 만들었다. 그리고 기섭이가 남긴 20여 편의 발표작과 그 만큼의 미발표작을 묶어 기섭이의 유고시집 『분홍색 흐느낌』을 펴냈다. 책을 무사히 낼 수 있도록 평론가 신수정 선생님께서 많은 도움을 주셨다. 소설가 윤성희 선배는 시간을 내어 시집의 편집을 맡아 주었다. 그리고 기섭이의 가장 큰 시 스승, 김혜순 선생님께서 표4를 써주셨다.

'기스바! 네 할머니 톤으로 너 불러보자.'

붉은 표지 위에 새겨진 김혜순 선생님의 글은 몇 번을 읽어도 가슴이 아렸다.

책이 나오고 우리는 주인도 없는 출판기념회를 열었다. 사당동에 있는 내 친구의 가게를 통째로 빌려 마련한 자리에는 100명이 넘는 친구들과 선후배들이 찾아와줬다. 기섭이를 직접 알지 못했던 선배들도 있었지만, 너무 일찍 세상을 떠나간 후배를, 후배의 시를 읽으며 잔을 기울여줬다. 우리는 함께 앉아 날이 밝도록 기섭이를 이야기했다.

그리고 학교에 기섭이 이름으로 나무를 심었다. 자목련 다섯 그루를 우리가 수업 듣던 강의실 맞은편 언덕에 나란히 심었다. 그중 한 그루가 고사했지만 나머지는 모두 잘 자라고 있다. 꽃도 피고, 씨도 맺고 있다. 가끔 글을 쓰다 심신이 지친 후배들이 나무 옆에 앉았다 간다는 이야기를 전해 들을 수 있었다.

우리는 매년 돈을 모아 기섭이 이름으로 후배들에게 장학금을 지급했다. 신기섭이라는 시인이 잊히지 않았으면 하는 마음에서였다. 궁극적으로는 우리가 계속 '우리'라는 이름을 지키기 위해서였다.

10주기가 되었을 때, 우리는 '뒤늦은 대구'라는 제목으로

추모 행사를 벌였다. 문예창작과 동문 선배들도 두말 않고
행사에 참여해줬다. 인디밴드와 무용 공연도 사이사이 넣어
행사를 진행했다. 행사는 무사히 끝났고, 우리는 또 시간을
지나왔다. 2020년, 15주기를 맞아 더 이상 장학금도, 이런 행
사도 하지 않기로 결정했다. 다만, 기섭이와 관련된 자료들
을 아카이빙하는 것으로 의견을 모았다. 남은 자료들을 잘
정리해서 그 작업을 조금씩 해나가기로 했다.

2021년 기섭이의 시집이 새로운 판형으로 세상에 나왔다.
1쇄 인세는 내 앞으로 지급되었다. 나는 어쩌다 보니 기섭이
의 법적인 대리인이 된 셈이다. 나는 재판의 인세를 서울예대
후배들에게 장학금으로 보냈다. 두 명의 시 전공 재학생들이
수혜를 받았다고 과에서 알려왔다. 시 전공 교수로 재직 중
인 이원 선배가 장학생을 선발해주었고, 그 장학금의 의미를
잘 전달하겠다고 전해왔다. 그 친구들이 시를 쓰는 마음을
더 오래 붙잡고 살 수 있었으면 싶었다.

기섭이는 아직도 여러 가지 모양으로
우리 곁에 있다.

너, 뭐 먹고 살았니?

'생'이 아닌
'숨'을 삼키는 맛
주꾸미

곰소항을 기억하다

한동안 나는 매년 연례행사처럼 홀로 서해안을 찾곤 했었다. 처음에는 부안을 기점으로 격포, 채석강, 곰소를 거쳐 내소사를 들르는 경로만 다녔었다. 그러다 차츰 해안선을 따라 변산반도와 안면도, 군산 앞바다와 여수까지 서해안의 구석구석을 탐방하듯 돌아다니게 되었다. 바닷물이 물러나고 드러난 거친 갯벌과 모래벌판에 남은 파도 물결을 바라보는 게 하염없이 좋았다. 그냥 하염없이.

첫 번째 서해 여행은 아주 충동적으로 시작되었다. 이십대 초반이었던 나는 친구들 사이에 생긴 사소한 불화를 이

기지 못하고 목적지를 정하지 않은 채 집을 나섰다. 군 휴
가를 나왔던 친구 A가 나의 친구 B에게 노골적으로 스킨십
을 하며 들이댄 사건 때문이었다. 그 당시는 그렇게 고백을
하고, 연인이 되는 것이 흔한 일이었다. 그런데 나는 A의 직
진 스타일에 충격을 받았고, 분위기를 파장으로 이끌고 말
았다. 정작 B는 괜찮다고 하는데도 나는 괜찮지 않았다. 나
는 계속해서 "A가 나한테 그러면 안 되는 거잖아. 내 친구를
데려간 자리에서 그렇게 하면 안 되는 거잖아!" 하면서 화를
냈다. 그리고 그 화를 제대로 삭이지 못한 채 무작정 버스터
미널로 향했고 거기서 곧바로 출발할 수 있는 버스 티켓을
샀다. 까맣게 어둠이 깊어지던 한겨울 어느 날, 나는 부안으
로 가는 버스 맨 뒷좌석에 앉아 있었다. 아버지의 장롱에서
꺼내 내 사이즈로 줄여 입은 바바리코트를 입고서.

버스 안에서 나는 깨달았다. 우연히 부안행 버스 티켓을
산 것이 아니라 내가 처음부터 격포에 가려고 마음을 먹었
다는 것을. 내 머릿속에는 한 번도 본 적 없는 변산반도의 격
포와 채석강 그리고 바람꽃 등이 하릴없이 떠다녔는데 그건
이순원 선생님의 소설 「은비령」을 읽으면서 혼자 상상하던
변산반도의 모습이었다. 가는 내내 실제의 변산반도는 어떤

너, 뭐 먹고 살쬈니?

모습일지, 공연한 호기심에 가슴이 설렜다.

버스는 자정이 좀 못 되어 부안에 도착했다. 제법 큰 눈송이가 세차게 먹색 하늘에 휘날렸다. 나는 터미널에서 가장 가까운 여관에 들어가 눈두덩 가득 잠이 내려앉은 여주인에게 복도 맨끝 방을 안내받았다. 밤새 눈보라가 휘몰아쳤고, 창문은 쉴 새 없이 덜컹거렸다. 울컥한 마음에 시작한 걸음이었는데 남루한 데다 으스스하기까지 한 여관방에서 나는 밤새 오들오들 떨며 막막한 불안과 낯선 외로움을 견뎌야 했다. 퀴퀴한 냄새와 얼룩진 벽지를 바라보며 장방형의 여관방에서 일어날 수 있는 수많은 사건들을 상상하며 몸서리치기도 했다. 그런 상상들 때문에 금세 나는 피로해졌고 공연히 친구들의 일에 감정을 쏟고 떠나온 것을 후회했다. 그런 와중에도 나는 잠들지 않기 위해서 눈을 부릅뜨며 밤을 견뎠다.

다음날 나는 몸 전체에 확 끼쳐오는 찬바람에 눈을 떴다. 여관 주인이 청소를 하러 들어온 것이었다. 분명 안에서 걸쇠를 걸어서 잠갔는데 어떻게 연 건지 의아했지만 물을 새도 없이 나는 쫓기듯 방을 빠져나와야 했다.

눈보라가 걷힌 아침 하늘은 정말로 쨍했다. 열을 맞춘 기러기들이 눈이 시릴 정도로 맑은 창공을 갈랐다. 썰물 때를 맞은 채석강은 말할 수 없이 아름다웠다. 시간의 풍화작용을 견뎌낸 장구한 층암절벽은 그저 바라만 봐도 운치가 있었다. 내가 상상했던 것보다 훨씬 웅장했다.

바닷물이 빠져나간 자리마다 따개비와 홍합, 석화가 보였다. 빠르게 몸을 옮기는 게들도 눈에 들어왔다. 찬바람에 섞인 진한 바다 내음이 코 속으로 파고들었다. 속이 뻥 뚫리는 것 같았고, 머릿속이 다 비워지는 느낌이었다.

해안가를 걷다 나는 곰소항에 가 닿았다. 곰소항에는 새빨간 대야를 두 다리 사이에 묻고 주꾸미를 파는 아주머니들이 많았다. 바닷바람에 긁힌 눈가 주름들이 인상 깊었다. 그녀들이 팔고 있던 주꾸미는 너무 신선했다. 주꾸미는 성질이 급해서 바다를 떠나는 즉시 숨이 끊어지기 때문에, 곰소항에 와야만 살아 있는 주꾸미를 먹을 수 있다고 했다.

나는 살아 있는 주꾸미를 그때 처음 보았다. 그래서 대야 안에서 둥글게 원을 그리듯 움직이는 주꾸미들이 그저 신기했다. 낙지처럼 힘이 넘치지는 않았지만 살아 있는 생명들이 내보이는 선명한 자기 활동성이 느껴졌다.

너, 뭐 먹고 살쪘니?

나는 주꾸미를 파는 아줌마들 중에서, 가장 젊어 보이는 아줌마에게 주꾸미 만 원어치를 샀다.

"많이 춥죠?"

내가 말을 건네자 곱게 화장을 한 얼굴을 들어 보이며

"아가씨도 남자 잘 만나. 안 그러면 나처럼 이렇게 추운 겨울날 나와서 고생하니까."

불쑥 이런 말을 건넸다.

나는 겸연쩍게 주꾸미를 받아 들고 근처 슈퍼에 가서 상추와 깻잎 그리고 초장을 샀다. 서울에서 혼자 내려왔다고 하니 슈퍼 아주머니는 손수 쌈채소를 씻어주기까지 했다. 나는 그녀가 나를 바라보는 측은지심 가득한 눈빛이 너무 선해서 왈칵 눈물이 날 뻔했다.

나는 강둑에 앉아 바다를 보면서 좀 전까지도 살아 있던 주꾸미를 오물거리며 다 먹어치웠다. 낙지와는 또 다른 이물

감이 느껴지는 맛이었다. 낙지처럼 '생'을 씹는 느낌이 아니라, '숨'을 삼키는 느낌이랄까.

뒤이어 만난 갯벌은 더 큰 감흥으로 다가왔다. 나는 신발 등까지 푹푹 빠져 들어가는 와중에도 끝없이 이어진 갯벌생물들의 숨구멍을 살펴가면서 갯벌을 걸어 다녔다. 군데군데 자줏빛 불가사리도 보였다. 나보다 앞서 걷던, 갈래머리를 한 여자 아이가 불가사리를 집어 들어 뒤에 선 제 부모에게 보여줬다. 아이는 두어 걸음을 더 걷다가 불가사리를 놓아주었다. 나는 잠시 걸음을 멈추고 아이의 부모처럼 아이를 쳐다보았다. 나도 그만한 나이였을 때 처음 본 불가사리의 생김새에 반해 손수건에 싸서 집으로 가져왔던 적이 있었다. 집에 도착하기도 전에 내 손 안에서는 물비린내가 피어올랐고 불가사리는 그대로 마당 한 구석에 매장되고 말았다. 그 이후부터는 바다에 사는 생명을 부러 건져 올리거나 주워가지는 않았다. 아이를 보니 그때의 기억이, 그 냄새가 떠올랐다.

먼 데까지 밀려가 있던 파도가 오후 태양에 반짝였다. 그 눈부신 파도 물결은 무한히 마음을 안정되게 했다. 떠나올 때 가지고 있었던 괜한 서러움은 자연이 주는 위안에 조금씩 희석되어갔다.

너, 뭐 먹고 살았니?

드넓게 펼쳐진 서해안 갯벌이 세계 5대 갯벌 안에 든다는 건 이전부터 알고 있었다. 해일이나 태풍이 불어올 때 방파제 역할을 한다는 것도, 철새들의 쉼터이자 해안을 정화하는 역할을 한다는 것도 알고 있었다. 하지만 그런 것보다 먼저, 갯벌에 살고 있는 생명들이 얼마나 그 풍경을 생기 넘치게 만드는지 갯벌을 마주하고야 깊이 느끼게 되었다.

첫 서해안 여행을 통해 한 가지는 확실히 깨달았다. 직접 경험해야만 할 수 있는 이야기가 있고, 보아야만 쓸 수 있는 글들이 있다는 것을 말이다.

나는 서울로 올라가는 버스를 타기 전 부안우체국에 들러 친구들에게 엽서를 보냈다. 그리고 그 당시 좋아하던 최승돈 아나운서에게도 엽서를 썼다. 환하게 웃는 모습과 목소리가 정갈해 좋아했는데, 그곳에서 엽서를 써서 방송국으로 보낸 것이었다. 왜 갑자기 그럴 생각이 들었을까. 이 부분에 있어서, 지금의 나로서는 그때의 나를 도저히 이해할 수가 없다.

나는 엽서보다 먼저 서울에 도착해서 엽서에 못다 한 말들을 친구들에게 쏟아냈다.

그리고

A와 B는 사귀는 사이가 되어 있었다.

아직도 친구들은 어렸던 내가 아빠 바바리 코트를 줄여 입고서 먼 길을 떠났다 금세 되돌아왔던 것을 이야기한다. 최승돈 아나운서에게 엽서를 보낸 것이나, 혼자 여관에서 잠들지 못한 밤 친구 C에게 계속 삐삐 음성을 보낸 것까지. 말 많고 탈 많았던, 감정을 온몸으로 껴안으며 살았던, 어렸던 나를 이야기한다.

너, 뭐 먹고 살쪘니?

돼지는
죄가 없다
삼겹살

세계에서 생산되는 삼겹살 중 80%는 한국인이 소비한단
다.

"그렇다면 나머지 20%는?"

정답은 '전 세계에 흩어져 있는 한국 교민들'이다.

난센스nonsense지만, 역설적이게도 한국인들이 얼마나 삼
겹살을 사랑하는지를 드러내는 말이기도 하다.

어릴 적 엄마는 빨갛게 고추장을 입힌 돼지고기 요리를

자주 해줬다. 그렇다, 바로 우리가 사랑하는 제육볶음이다. 익숙하고 단짠한, 그래서 더 맛있는 돼지고기 요리.

집에서 제육볶음을 많이 먹었다면 밖에서는 삼겹살을 주로 먹었다. 사회적 관계가 만들어지는 테이블 위에서는 자주 삼겹살이 익고 있었으니!

나는 스무 살 무렵부터 삼겹살을 자주 먹기 시작했다. 술자리를 가도, 워크숍을 가도, MT를 가도, 운동회를 해도, 무조건 빠지지 않고 차려지는 게 삼겹살이었다. 내 삶을 돌이켜 삼겹살 시점으로 본다면 지겹도록 굽고, 뒤집고, 자르고, 먹었다, 라고 할 수 있겠다.

J는 이른바 부농의 아들이었다. 시골에서 보내주는 돈으로 행정고시를 준비하고 있던 차에 나를 만났고, 우리는 잠시 불꽃처럼 마음을 맞춰보곤 했다.

J는 살집이 있는 체형이었다, 나처럼. J는 초등학교 3학년 때 돼지고기 맛을 알게 되었는데, 그때의 경험을 꽤 충격적으로 기억하고 있었다. 이후부터 급격하게 살이 찌기 시작했다며, 잘 익은 삼겹살을 잘라주면서 고백처럼 그 말을 내게 속

너, 뭐 먹고 살았니?

삭였다. 좀 더 늦게 돼지 맛을 알았더라면 키가 좀 더 컸을 텐데… 허리 쪽이 좀 더 날씬해지지는 않았을까? 훌라후프를 두른 것처럼 허릿살이 두둑한 자신의 옆구리를 가리키며 J는 말했다. J는 자기 몸에 대한 순정을 포기하지 못한 채 그런 가능성을 자주 읊조렸는데 나는 자신의 몸의 역사에 대해 잘 알고 있는 J가 재밌기도 했다.

우리의 만남은 주로 먹는 것에서 시작해 먹는 것으로 끝날 때가 많았는데, 딱히 함께 하는 레크리에이션이 없어서이기도 했다. 당연하게도 나는 J를 만나고부터 눈에 띄게 살이 붙어갔다. 그건 J도 마찬가지였다.

나는 인사동에 있는 북카페를 아는 선생님과 함께 운영한 적이 있었다. 가게를 오픈하기 한참 전부터 가게를 꾸미는 일을 맡아했다. 갤러리와 아트북, 그리고 와인과 커피가 함께 하는 복합 문화 공간을 꿈꾸며 시작한 카페였다. 책꽂이 앞에 합판으로 미닫이 벽을 만들어 세웠고 그 위에 그림을 걸었다. 합판은 광장시장에서 사 온 옥스퍼드 지로 마감을 하고 건타카(벽면에 고정용 판을 박는 기계)를 이용해 고정시켰다. 두꺼운 책들을 나르고 정리하는 것부터 갤러리용으로 만드는 합판 수선까지 내 손이 안 간 데가 없었다.

매일 열 시간가량 몸을 쓰고 나면 종로 3가 갈매기 골목에 가서 삼겹살에 소주를 먹었다. 한 입에 먹기 좋게 자른 삼겹살을 2인분씩 먹어치웠다. 돼지기름에 김치를 익혀 파채와 함께 쌈을 먹는 것도 빼먹지 않았다. 남은 고기와 김치를 잘게 잘라 밥을 볶아 먹었다. 거기서 끝이 아니었다. 입가심으로 맥주를 또 마셨다. 공사 기간 내내 그렇게 일과를 보냈다.

어느새 나는 돼지의 체형만큼 도탑게 살이 올랐고, 자주 '살 좀 빼!'라는 말을 듣게 되었다. 뭘 먹고 그렇게 금세 살이 오른 거냐며 '도대체 뭘 먹었는지'에 대한 추궁 아닌 추궁을 들을 때가 많았다. 매일 저녁 삼겹살 2인분에 밥과 김치를 먹으면 살이 안 찔 수가 없다.

돼지는 죄가 없다.

내가 공사기간 동안 그렇게 삼겹살을 먹었던 것은, 종일 먼지 속에서 일했기 때문이었다. 황사 많은 날, 돼지고기를 먹으면 먼지가 씻겨 내려간다고, 누군가 내게 알려준 기억이 있었다. 증명되지 않은 말들은 신비하게 사람 마음을 잡아

끄는 법이니까.

　며칠 동안 아주 '빡세게' 육체노동자의 삶을 살면서, 왜 현
장 노동자들이 삼겹살에 소주를 마시는지 이해하게 되었다.
아니, 완전히 이해하지는 못했지만, 배가 부르고, 술에 취해
서 풀리는 여독이 있다는 것은 알게 되었다. 짠하면서도 찐
한 삶의 통증이었다.

아오리를 먹는 오후
사과를
이야기하는 시간

내가 초등학교 시절, 아버지는 잠깐 시장에서 장사를 했었다. 사업을 하다가 망한 상태였는데 자식이 다섯이나 있으니 뭐라도 해야 했을 것이다. 아버지는 리어카를 임대해 장사를 시작했다. 매일 오만 원어치의 오징어를 떼다가 팔았는데, 다 팔린 날도 있었고 그렇지 못한 날도 있었다.

시장통으로 출근을 하면서부터 아버지는 심한 잠꼬대를 하기 시작했다. 잠이 들기만 하면 목이 쉴 정도로 누굴 욕하는 잠꼬대를 했다. 그렇게 매일 밤마다 고래고래 소리를 질러가며 낮 동안의 울분을 풀어내고 또 풀어냈다. 그리고 다음날 새벽이면 물건을 떼기 위해 아무렇지도 않은 듯 신발

너, 뭐 먹고 살겠니?

끈을 고쳐 묶고 집을 나섰다.

아버지가 장사를 하는 모습을 딱 한 번 본 적이 있었다. 선명한 이미지로 남아 있지는 않지만, 그날의 리어카와 더위와 냄새는 기억이 난다. 왠지 피하고 싶을 정도로 아찔한 여름 냄새였다.

아버지가 벌어오는 돈에는 오징어 냄새가 났다. 비릿하면서도 알싸한 냄새였다. 아버지의 땀과 뒤섞인, 젖은 오징어 냄새는 돈이 내 손을 떠난 후에도 코끝에 걸려 떠나지 않았다. 나는 그 냄새가 싫었다.

내가 제일 싫었던 건, 팔다 남은 오징어를 먹는 것이었다. 장사가 안 된 날은 엄마가 할 수 있는 모든 오징어 요리가 밥상 위를 점령했다. 오징어무침, 오징어 국, 오징어 볶음…, 빨리 먹어 치우는 것이 중요했기에 다들 오징어를 오물오물 씹어 먹었다.

나는 오징어가 싫었다. 냄새도, 식감도. 무엇보다도 아버지와 얽혀 있는 게 싫었다. 종일 목이 쉬어라 오징어를 불렀을 아버지의 모습이 그려져서 그랬다.

　그래서였을까.

　나는 급체를 하고 말았다. 온몸에 두드러기가 퍼지기 시
작했고, 동시에 가려움이 나를 고통스럽게 했다. 나는 빨갛
게 생채기가 나도록 온몸을 긁어댔다. 얼굴까지 올라온 두
드러기 때문에 내 얼굴은 한 마리 두꺼비를 연상케 할 정도
였다. 흔한 식중독이었지만 약을 먹어도 쉽게 가라앉지는 않
았다.

　동네 어른들이 굵은소금과 참기름 한 병을 마시면 체기가
내려갈 거라고 해서, 나는 참기름 한 병을 다 먹기도 했었다.
물론 전혀 좋아지지 않았다.

　엄마는 나를 데리고 동네를 뛰었다. 줄넘기를 하게 했다.
더부룩했던 속이 조금씩 편해졌다. 토요일에 시작된 두드러
기는 일요일 밤부터 가라앉기 시작했다. 그리고 월요일 아침
에는 씻은 듯 나았다.

그리고 아버지는 더 이상 오징어를 팔지 않았다.

대신 사과를 팔기 시작했다.

나는 매일 사과 한 알을 먹는다. 사과의 아삭한 식감이 좋고, 시원한 과즙이 입안으로 흘러들어 가는 게 좋다.

나는 여름에 나오는 풋사과, 아오리도 좋아하고 가을에 나오는 홍옥과 능금도 좋아한다.

사과는 다른 여러 채소들과도 잘 어울린다. 나는 사과와 케일, 사과와 당근, 사과와 샐러리 등의 조합으로 자주 착즙해 마시기도 한다. 사과는 다른 채소나 과일과의 어우러짐이 좋고, 향도 좋다. 일년 내내 못난이 저장 사과를 싸게 왕창 사서 쟁여두고 해 먹는다.

그런데 사과 씨에는 극소량의 청산가리가 들어 있다고 한다. 사과 씨를 일부러 먹은 적은 없지만, 그 이야기를 듣고 난 후부터는 사과 씨를 볼 때마다 왠지 서늘한 기운이 느껴지는 건 내가 겁쟁이라서 그럴 것이다.

그래서 백설 공주 이야기에 사과가 목에 걸리는 게 나왔나? 그 많은 과일 중에 하필 사과를, 독사과로 만드는 것은 이런 것과 완전히 무관할까? 아담의 목에 걸린, 일명 아담스

애플Adam's Apples이 목젖인 것과도 연관이 아예 없지는 않을 것이다. 이야기는 복제와 변주를 거쳐 조금씩 다른 이야기가 되어 갔을 테니까.

'사과'는 내 삶에도 여러 결로 닿아 있다. 아버지의 리어카 위에도 있었고, 나의 첫 소설집 제목에도 등장한다. 「아오리를 먹는 오후」라는 단편소설에는 '아오리'라는 풋사과 품종이 등장하는데, 나는 그 단편소설을 표제작 삼아 내 첫 책을 출간했다.

또, 나는 대전에 있는 카이스트 교수 아파트에 6개월 간 거주한 적이 있었는데, 그곳을 나오면서 한 그루의 사과나무를 카이스트 교정에 심고 왔다.

카이스트 엔드리스 로드 작가로 활동하면서 카이스트 학생들에게 '매력적인 캐릭터 연구'라는 강의명으로 강의도 했었고, 지금까지 연락하는 제자도 생겼다. 그리고 언제라도 그곳을 찾아갈 명분, '김봄 나무'를 심고 나온 것이다.

카이스트의 교목은 사과나무다. 학교 중앙 도서관 앞에는 사과나무가 있는데(물론 교정 곳곳에 있다) 나는 거길 산책하는 걸 좋아했다.

너, 뭐 먹고 살쪘니?

카이스트 교정에는 작가가 심은 나무 두 그루가 있다. 한 그루는 드라마 〈카이스트〉의 송지나 작가가 심은 모과나무이고, 교문으로 나 있는 중앙 도로 측면에 위치해 있다.

내가 심은 사과나무는, 내가 6개월 간 살았던 교수 아파트에서 보이는 곳에 있다. 가을마다 사과가 열리고 아파트 주민들이 사과를 따간다는 소식을 전해 듣기도 했다. 또 언젠가 명패가 떨어진 적이 있었는데, 조경과 직원분께서 새 걸로 교체해주시고, 떨어진 것은 홍보실에 연락해 내게 전달해줬다.

나는 오늘도 한 알의 사과를 먹는다. 오징어를 외치다 사과를 외치는 아버지의 목소리가 떠오르고, 카이스트의 온갖 수종이 가득한 나무 지도가 떠오른다. 제자의 과수원에서 따온 햇사과의 달큼한 맛이 기억난다. 그 기억들이, 사과를 먹는 사이 아삭아삭 내 속으로 녹아든다.

레터스독과
그날의 언니
그리고 미완의 봄

아르바이트, 그날의 언니

스무 살 때 나는 명동과 종각역 도토루에서 아르바이트를 했었다. 일본 본사에서 정해준 매뉴얼대로 주문받는 것부터 청소까지 점포의 모든 흐름을 교육 받았다. 자동문이 열리고 손님이 들어올 때 "안녕하십니까? 도토루입니다"를 외쳤고, 손님이 나갈 때에는 "안녕히 가십시오"라고 외쳤다. 그 시절, 지하철 문이 열릴 때 무의식중에 그런 인사가 튀어나온 적도 있었는데 지금 생각하면 참 웃픈 기억이다.

매니저 언니는 나보다 네 살이 많았다. 하지만 나이보다 훨씬 더 어른처럼 느껴졌다. 명동과 종로를 오가며 열 시간

너, 뭐 먹고 살았니?

에 가까운 아르바이트를 하던 내게는 그저 큰 산 같았다. 그 때는 감히 언니라는 말도 하지 못했었으니까.

언니는 아르바이트를 면접보고, 교육시키고, 퇴사시키고, 시간표를 짜서 쉬는 일정을 조정하는 것까지 모두 맡아서 처리했다. 나는 두 점포를 완벽히 장악하고 통제하는 언니의 모습이 너무 근사하게 느껴졌다. 손짓 하나를 하더라도 뭔가 압도하는 느낌이 있었다. 꼬꼬마였던 나는 언니를 닮고 싶었다. 매사에 칼같이 선을 긋는 모습이나, 일처리를 하는 데 있어서 망설임 없이 착착 진두지휘하는 모습은 내가 생각하는 진짜 어른 같은 모습이었으니까. 나뿐만 아니라 다른 사원들과 아르바이트생들도 사장 내외보다 언니를 더 많이 의지했고, 존중했다.

언젠가 내가 코피를 쏟고 비실비실한 적이 있었는데, 언니는 내게 사무실에 들어가 쉬다 나오라고 했다. 사무실에서 쉬는 동안, 잠깐 엎드려 있고자 했는데, 나는 그대로 까무룩 잠에 들고 말았다. 한참 시간을 보내고 나와서 머쓱했었는데, 언니는 무심한 것 같은 다정함으로 내 맘을 위로해줬다.

대단한 일은 아니었지만 나는 꽤 오랫동안 그날을 떠올리며 혼자 울컥함을 되새김질하곤 했었다. 낯선 위로였고, 격정적이지는 않았지만 사회에서 만난 따뜻한 호의였기에 나는 오래도록 뜨겁게 그 날의 언니가 고마웠다.

단연코 레터스독

도토루는 일본 회사답게, 확실한 통제로 일관하는 회사였다. 쉬는 것도 꽉 짜인 매뉴얼에 따라 일정 시간에 한 번씩 순서대로 쉬었는데, 대개 그 시간을 이용해 식사를 하거나 음료를 마셨다. 음료는 뭐든 마실 수 있었고, 식사 때에는 메뉴에 있는 토스트와 소시지가 들어간 핫독, 그리고 가게 메뉴 중에 제일 비싼 레터스독 중 하나를 선택해 직접 만들어 먹었다.

토스트는 그릴에 구운 식빵에 잼과 버터를 발라 먹으면 되었다. 핫독은 피클과 양파를 갈아서 갈라진 빵 사이에 넣고 남대문 수입상가에서 공수해온 두툼한 소시지를 넣어 만들었다. 소시지는 물에 불렸다가 비닐을 제거하고 전자레인지에 데워 사용했는데, 쫄깃하고 뽀도독한 식감이 좋아서, 소시지만 따로 찾는 손님들도 많았다. 제일 큰 빵이 사용되는 레터스독은 빵 안쪽에 마요네즈와 머스터드소스를 반씩 섞어 만든 소스를 바른 후 양상추를 깔고, 후추를 친 햄과 양파와 피클을 차례로 올려 완성했다. 커피와 먹어도 맛있고, 주스와 먹어도 좋았다.

나는 주로 레터스독을 먹었다. 가게에서 제일 비싼 메뉴여서 그랬다. 경제적으로 따져보면, 가장 이득이 되는 것이면서 제일 맛있기도 했으니까.

돈 사고

사람들이 모여서 하는 일들이 언제나 매뉴얼대로 되는 것은 아니었다. 현금을 만지는 일이었고, 종종 계산이 맞지 않는 일이 발생했다. 나는 아르바이트로 시작해 준사원까지 진급을 한 상태였는데, 곧잘 발생하는 돈 사고 때문에 머리가 터질 지경이었다. 준사원은, 진짜 직원은 아니지만 아르바이트와 직원의 중간 단계의 고용 형태를 말하는 것이었다.

한 번은 우유 값을 넣어둔 봉투에서 십만 원이 사라진 일이 있었다. 분명 수표였는데, 우유 보급소에서 없다고 하니 미칠 일이었다. 봉투를 전해줄 때, 내가 확인하고 건네줬더라면 그런 일이 없었을까? 수표 번호를 확인했더라면 괜찮

151

왔을까? 나는 그런 여러 가지 생각으로 머리가 복잡했다. 같이 일하는 아르바이트들을 의심하는 것도 마음이 썩 내키지는 않는 일이었다.

그런데

나는 생각지도 못한 순간을 마주하게 되었다. 쉬는 시간이 되어 음료를 들고 지하에 마련된 직원 휴게실로 내려가는데, 사장 사모가 내 가방을 뒤지고 있는 것을 본 것이었다.

분명 사라진 수표의 행방을 찾는 모양이었다. 그걸 본 순간 가게에 대해, 가게 사람들에 대해 가지고 있던 모든 마음의 문이 닫히고 말았다. 내 인기척에 화들짝 놀라며 내 가방에서 크게 한 걸음 뛰어 멀어진 사모를 다시는 쳐다보고 싶지 않았다.

그 길로 나는 도토루와의 인연을 마무리하게 되었다.

아프고, 아픈 기억이었다.

너, 뭐 먹고 살쪘니?

몇 년 전, 나는 연남동의 유명한 퓨전 일식집에서 사장 내외와 우연히 마주친 적이 있었다. 내 첫 책이 막 나왔을 즈음이었고, 동료 작가들과 저녁을 먹는 자리였다. 사장 내외를 알아보고 나는 조금 경직되었는데, 그건 이십여 년 전의 불쾌한 기억이 번뜩 떠올라서였다.

그런데도 나는 그들에게 다가가 인사를 건넸다.

그런데,

그들은 나를 기억하지 못했다.

그럴 필요가 없는데도, 나는 그 자체로 다시 상흔을 입고 말았다. 역시 맞은 놈만 밤잠을 설친 것이었나 싶었다.

미완의 봄, Primave!!!

나는 도토루 시절 배운 커피 조리법을 바탕으로 스물여섯 살에 작은 테이크아웃 커피숍을 차렸다. 신사동 강남시장 인근에 있는 빵집 귀퉁이 자리에 빈 공간이 있었는데, 나는 연령별 유동인구 조사를 꽤 오랫동안 한 후에 그 공간을 계약하고 인테리어 공사에 들어갔다. 권리금도 없이 월세 삼십만 원만 내면 되는 자리였다. 십여 군데 커피 회사의 원두를 테스트해보고 풍미가 좋은 이태리 라바짜 원두를 사용하기로 했다. 그래서 가게 이름도 이태리어에서 따오고 싶었다. 여러 단어들을 후보군에 올려놓고 고민하다가 드디어 한 단어를 고르게 되었고 나의 첫 가게는 이태리어로 '봄'을 뜻하는 '프리마베라Primavera'에서 따온 '프리마베'라는 간판을 내걸고서 오픈하게 되었다. 거창하게도 '미완의 봄'이란 의미를 두고 내가 말을 만든 것이었다. 간판에 들어갈 자리가 없어 두 글자를 빼면 좋겠다고 디자인을 해줬던 남자 친구의 말을 듣고 급하게 결정한 것이었지만 지금 생각해도 너무 그럴싸한 작명이었다.

손님들이 들기 시작하자, 나는 모닝롤로 미니 샌드위치를 만들어 맛보기로 제공했다. 반응이 꽤 좋았다. 같은 건물에 입주했던 손님들은 몇 개 더 살 수 없느냐고 물어오기까지 했으니까.

오전 일찍, 커피와 팔면 되겠다 싶었는데 생각지도 못한 곳에서 일이 터졌다. 빵집 여사장이 찾아온 것이었다. 그녀는

너, 뭐 먹고 살쪘니?

빵집과 같은 건물에 있으면서 샌드위치를 파는 건 상도덕에 어긋난다며 한참 성난 소리를 읊어댔다. 내 또래, 혹은 몇 살 더 많아 보였던 그녀를 이길 방법이 나에게는 없었다. 그녀는 나보다 훨씬 더 큰 영업장을 가지고 있었고, 나보다 훨씬 많은 월세를 내고 있었으니까. 나는 내가 물러나는 게 맞다고 생각했고, 그대로 메뉴로 만들기로 한 계획을 철회했다.

그런데, 웃긴 건

며칠 뒤 그 여사장이 다시 나를 찾아왔다는 것!

프리마베 샌드위치를 먹어본 손님들이 그 비슷한 걸 찾는데, 자기는 못 먹어봤기에 그 맛을 모르니 레시피를 줄 수 있느냐고 당당하게 물었다.

화를 내지는 않았지만 속에서 욱하고 뭔가 치미는 것까지는 어쩔 수가 없었다. 그건 내 얼굴에 고스란히 드러났을 것이다. 그녀는 잠시 우물쭈물 섰다가 그대로 빵집으로 돌아갔다.

왜 울분이 그 샌드위치로 갔는지, 한동안 나는 그 비슷한 것들도 먹지 않았다. 물론 지금은 샌드위치를 자주 만들어 먹곤 한다. 제자들에게도, 선생님들에게도, 주변 지인들에게도 자주 만들어주곤 한다. 음식은 나눠 먹을 때 제일 맛있으니까.

오늘의 언니와 나

나는 내게 커피와 샌드위치 만드는 방법을 차근차근 가르쳐줬던 언니를 아직도 만난다. 언니는 안암역 앞에서 빵집을 하고 있는데, 꽤 오랫동안 그 자리를 지키고 있는 터라 단골도 많다 (feat. #황준호베이커리).

언니와 나는 가끔 술잔을 기울이면서 여러 이야기를 나눈다. 더러 서로 마음을 다쳤던 이야기를 꺼내 펼치기도 하는데 차마 가족들에게는 꺼내지 못한, 스스로가 어설펐던, 그래서 속이 상했던 순간들을 나눈다. 휘발되어 날아가 버리라고 그렇게 떠들어댄다. 말로 풀어놓은 많은 감정들이 해소되면 혹시나 속이 허해질까 봐 든든하게 속을 채우고 헤어진다.

너, 뭐 먹고 살았니?

언니의 가게에는 내가 선물한 호랑이 알로에, 천대전금이 있다 (하늘에서 돈을 내려준다는 속말이 있어 나는 여러 곳에 호랑이 알로에를 분양했다). 그새 세 개의 새싹이 돋았다. 천대전금의 기를 받아 언니가 돈방석에 앉았으면 좋겠다.

황준호 베이커리에서 판매하는 빵 중에서 내가 가장 좋아하는 것은 밤 앙꼬를 오븐에 구운 밤과자다. 밀가루가 안 들어 있어서 더더욱 좋다.

나는 황준호 베이커리에서 사온 당근 카스텔라와 황준호 슈 (황준호 베이커리에서 가장 유명한 빵, 슈크림이 넘치게 들어 있다), 크랜베리 스콘을 접시에 차려내고 맥주잔에 우유를 따라 내왔다 (우유는 역시 맥주잔에 먹어야 제 맛이다).

달고, 달고, 달고, 달구나.

운동… 해야겠죠?

사랑했던
나의 빵들과
헤어져야 할 시간

가나안 제과

내가 초등학교에 다닐 때, 학교 앞에는 '가나안 제과'라는 빵집이 있었다. 시장통에도 카스텔라와 케첩을 뿌린 샌드위치를 파는 빵집이 있었지만 왠지 가나안 제과점과는 차원이 다른 느낌이었다. 가나안 제과점에는 이름도 생소했던 빵들이 즐비했고 눈이 내린 것처럼 하얀 생크림 케이크도 팔았더랬다.

생일에 케이크를 먹다니! 이렇게 신박하고 낯선, 게다가 왠지 모르게 찌르르한 세련됨은 또 뭐란 말인가. 빠져들지 않을 수 없었다.

너, 뭐 먹고 살쪘니?

컬러텔레비전 시대가 막이 오르고, 나는 방송을 통해 '단란한 가족'의 표상을 하나씩 학습하기 시작했다. 샌드위치를 라탄 바구니에 담아 가족들과 함께 공원에 놀러가는 삶을 동경하기 시작한 것이다. 생일이 되면 케이크를 먹는 것도 그중 하나였다.

하지만, 엄마는 팥만 들어간 게 아닐까 의심이 들 정도로 새카만 팥밥과 홍합이 든 미역국을 생일상에 올렸다. 생선을 굽고, 명절 때나 먹는 몇 가지의 나물을 한 그릇에 색깔이 구분되게 담아냈다. 몸에도 좋고 먹기도 좋았지만, 새로운 것보다 좋지는 않았다. 새로운 것은 언제나 옳게 느껴졌으니까. 나는 생과일로 데코가 된 생크림 케이크에 꽂힌 촛불을 꺼보고 싶은 마음이 훨씬 더 간절했다. 언제나 그렇듯 간절한 것들은 쉽게 이뤄지는 법이 없다.

그래도 매년 어린이날이 되면, 가나안 제과표 소보로 빵과 크림빵을 먹을 수 있었다. 학급 임원의 부모들이 준비한 선물이었다. 나는 딱지처럼 앉은 소보로 껍데기를 뜯어먹거나, 길게 두 쪽으로 갈라진 크림빵을 펼쳐 천천히 아껴먹었다. 단맛이 혀끝에 닿을 때 머리 끝까지 찌르르한 자극이 차

159

올랐다. 그때의 느낌을 복기하자면, 그 어떤 밀가루 음식들보다 뇌가 좋아하는 기분, 그래서 그 감미의 순간을 한없이 유예시키고 싶은, 그런 기분을 느꼈던 것 같다.

술빵

엄마는 그 당시만 해도 밖에서 파는 것들을 많이 사주지 않았다. 매년 고추장도 담갔던 젊은 다둥이 엄마는 집에서 뭔가를 해서 먹으려고 했었다. 내가 어릴 때까지는 말이다. 가끔 시장에서 튀긴 찹쌀 도넛과 꽈배기를 사 오기도 했는데, 그건 어디까지나 도넛 안에 팥앙금이 들어 있는 걸 좋아하는 엄마의 취향 때문이라는 걸 난 알고 있었다.

사실 엄마는 우리가 뭘 좋아하는지 잘 모르는 것 같았다. 어쩌면 우리가 좋아하는 걸 다 해줄 수 없어서 먼저 방어선을 그은 건지도 모르겠다. 아무튼 엄마는 막걸리를 밀가루 반죽에 넣어 발효시킨 술빵을 자주 해줬는데, 큰 콩이 들어간 빵은 촉촉하고 식감이 좋았지만, 그다지 맛은 없었다. 건포도를 넣으면 훨씬 맛이 좋을 것 같았는데, 엄마는 언제나 콩을 고수했다. 그리고 딸기와 토마토를 먹을 때 설탕을 쳐서 먹었던 것처럼 술빵도 설탕을 묻혀주었다. 설탕이 제아무

너, 뭐 먹고 살겠니?

리 달아도 시큼한 막걸리 냄새는 빵을 먹는 내내 코끝에 걸려 달아나지 않았다. 엄마가 만들어준 술빵을 먹고 있으면 왠지 모르게 나 스스로가 촌스러워지는 이상한 기분에 젖어들곤 했었는데, 그건 술빵을 먹는 내 자아가 강렬히 생크림 케이크 같은 걸 떠올렸기 때문일 것이다. 달큼한 향이 나는 제과점 빵은 왠지 세련된 풍미를 주는 것만 같았으니까.

억압된 것은 도착을 낳는다.

나는 제과점 빵에 더욱더 매료되었다. 보기도 좋고 향도 좋은, 게다가 맛도 좋은 빵을 어찌 마다할 수가 있었겠는가 말이다.

빵이 부풀어 오르는 시간

덕후가 되는 단계가 있다.

좋아하다, 극단적으로 좋아하게 되고, 만들어보고, 정식으로 배우고, 그러다 끝내는 이별(혹은 손절, 안티가 되기도 하고 등등)을 하게 되는 단계 말이다.

나는 빵에 대해서 그런 단계를 거쳐왔다. 빵을 좋아하다,

넘치게 먹다, 취미로 만들다가, 한 1년 배우러 다니기까지 했다. 그리고 한동안은 전처럼 먹지 않았다. 생각했던 것보다 설탕과 버터, 강화제, 연화제 등이 많이 쓰이는 것을 알았기 때문이었다.

그리고, 지금은 밀가루를 안 먹으려고 노력하고 있다. 밀가루와 완벽하게 이별했다고 말할 수는 없겠지만, 밀가루를 먹지 않기 위해 신경을 쓰고 있는 것은 확실하다.

정말 빵을 이렇게 끊어낸다고?

가끔 아주 소중하게 한 번씩 먹기로 했다. 소중한 만큼 더 행복해지리라 믿으면서.

비비지 않는
비빔밥

나는 비빔밥을 좋아하지만 비벼 먹지는 않는다. 일종의 징크스 같은 것이다. 지금 생각해보면 이상하게 느껴지기도 하는데, 그때 느꼈던 불행한 기분을 탈피하기 위해서 나는 뭔가가 필요했다. 비합리적일지라도 말이다. 어쩌면 비벼 먹으라고 하는 걸 비비지 않는, 소심한 거부의 취향을 얻게 된 것은 나만의 퇴마의식(!)이었는지도 모른다.

이십 대 중반, 나는 외국계 헤어 염모제 회사에서 근무했다. 면접 날, 허리를 바로 세우고 당당히 걷던 나를 사무실 앞에서 우연히 보았던 상무님의 직관으로 합격하게 된 나는 한동안 스페어 생활을 해야 했다. 어디에 쓰임이 있을지 확정적이지도 않은, 예정에 없던 인력이었으니 여러 부서를 돌 수밖에 없었다.

그러거나 말거나 난 밀리거나 지치지 않고 일했고, 늘 씩씩했다. 그리고 나름 주어진 일들을 척척 잘 해냈다. 회장은 그런 나를 특히 예뻐했다. 승진도 시켜줬고, 출장을 갈 때에도 나를 데리고 다녔다.

그러던 어느 날, 회장은 내게 미용인들을 대상으로 한 시험문제를 출제하게 했는데, 그건 특급 미션이자 대외비였다. 나는 시험 당일까지 보안을 유지했고, 무사히 시험 일정을 진행했다. 그 일로 나는 회장의 신망을 더 받게 되었다.

회장은 미국 영주권을 가진, 부산 사투리를 세게 쓰는 중년의 멋쟁이 아저씨였다. 그가 입고 걸치는 거의 모든 게 명품이었는데, 나는 그가 발음하는 브랜드 이름을 제대로 알아듣지 못하는 경우가 많았다. 회장은 젊은 시절 부산에서 화장품 사업으로 돈을 벌어 도미했다고 했다. 미국에 갔을 때 마중 나온 사람이 누구냐에 따라 미국에서의 삶이 달라진다는 말이 있단다. 회장의 경우, 처음 미국에 도착했을 때 마중 나오기로 한 세탁소 부부가 무슨 일이 생겨 그들 대신 화장품을 파는 업자가 나오게 되었고, 그게 미국에서의 삶

너, 뭐 먹고 살았니?

을 결정지었다고 했다. 이후 회장은 미국에 먼저 정착해 살던 사장을 만나 결혼하고, 모 브랜드의 아시아 판매권을 따냈다. 그리고 한국에 법인을 만들어 본격적인 영업을 시작했다. 전국 미용 재료상을 상대로 지역 네트워크를 조직하고 제품 판매의 기초를 다지던 그즈음 내가 입사한 것이었다.

나는 내가 알지 못했던 분야에 대해 알아가는 것도, 그 분야에 종사하는 사람들을 만나는 것도 재미있었다. 하지만 회장과의 관계는 그렇지 않았다. 아버지 같은 관대함을 보이다가도 어느 순간 아주 사적인 관계라도 되는 듯 친밀함을 표시했다. 그러다 뭔가에 심사가 뒤틀리면 별 게 아닌 일로 불같이 성을 내기도 했다. 또, 노골적인 성 희롱을 농담인지 진담인지 알 수 없게 던졌다. 시간 외 수당도 없을 때, 회사의 일을 내 일처럼 최선을 다하는 게 삶의 방식이라고 생각했던, 과하게 몰입하기 좋아했던 나는, 그런 순간들을 대할 때마다 당황했고, 불쾌했고, 끝내는 무기력해지기까지 했다.

회사생활은 늘 긴장의 연속이었지만 나는 긴장을 했어도, 뻔뻔하고 야무지게 할 말 다하는 직원이었다. 회장을 제외하고는 모두가 다정했고 결이 고운 사람들이었다. 그래서 얼마간은 버틸 수 있었다.

문제의 그날은 경기권 지사 순회를 다녀온 날이었다. 아홉시가 넘어 회사에 도착했고, 너무 허기져 있었다. 회장은 자신의 생각만큼 일이 진척되지 않아서 화가 난 상태였다. 그런데 그 화를 내게 풀었다. 엘리베이터에서 내리면서 같이 수행했던 남자 직원만 데리고 식사를 가겠다고 했다. 나 보란 듯, 남자 직원에게 뭐가 먹고 싶냐고 물으며 둘만 갈 거라고 했다. 눈짓, 턱짓으로 내게 보내던 경멸을 잊을 수가 없다.

회사 직원들은 회사에서 지정해준 몇 군데 밥집을 이용해 식사를 해결했다. 나는 짐을 챙겨 회사 앞 밥집으로 향했다. 거의 마감 분위기였는데 내가 배가 너무 고프다고 하자 밥을 차려줬다. 내가 시킬 수 있는 것은 조리할 필요가 없는 비빔밥뿐이었다. 나는 비빔밥과 소주 두 병을 시켰다. 나는 뒤죽박죽이었던 내 머릿속을 정리하고 싶었다. 당근 채 하나, 시금치 줄기 하나, 무나물 하나… 고추장과 참기름 범벅으로 뒤섞지 않고 하나씩 젓가락으로 헤쳐 먹기 시작했다. 혼자서 소주잔을 홀짝이자 주방 정리를 하던 이모들이 수군대던 걸 멈추고 반찬을 더 내주기도 했다.

너, 뭐 먹고 살렸니?

나는 소주 두 병과 비비지 않은 비빔밥을 싹 비우고 자리에서 일어났다. 회사 장부에 사인을 하고 불야성인 강남 밤거리를 걸었다. 소주 두 병을 먹었지만 하나도 취하지 않은 밤이었다.

니들이
골뱅이 맛을 알아?
골뱅이무침

강남역 하이크라스

이십 대 초반, 나는 강남역 인근에 있는 커피숍에서 파트타임 아르바이트를 했었다. 〈하이크라스〉라는 이름의 커피숍이었다. 아직 호출기(일명 삐삐)를 쓰던 시절이라 커피숍 테이블마다 전화기가 설치되어 있었다. 손님들은 가게 한편에 자리한 공중전화를 이용해 누군가를 호출했다. 가게 번호를 호출 받은 이들은 가게로 전화를 걸었고 나는 그걸 테이블마다 연결해주었다. 나는 사랑의 메신저였을까? 사실 그렇지는 않았다. 당시에는 강남역 상권이 지금처럼 확장된 상태가 아니었다. 강남역 인근이라고 하기에도 애매한 뒷골목의 뒷골목 건물 2층에 위치한 커피숍을 찾는 손님들은 대부분

사업하는 사람들이거나 직장인들이었다. 아르바이트를 하는 우리가 제일 어렸을 정도였으니까.

꿈과 사랑이 꽃피는 〈하이크라스〉

그때 함께 아르바이트를 하던 나보다 한 살 어렸던 남자애가 무릎을 꿇고 장미꽃을 건넨 적도 있었다. 내가 업어 키워도 될 정도로 마른 아이였는데, 뭐에 꽂혀서 나를 좋아했던 건지 알 수 없지만, 그런 고백을 받았다. 언제나 꿈꾸던 프러포즈를 받은 셈이긴 한데, 설레거나 기쁘지는 않았다. 두 살 어린 남동생과 함께 자라서 그런지 나는 나보다 어린 남자들에게는 그다지 관심이 없었다. 좀 더 멋있게 거절을 해줬어야 했는데, 나는 그 애를 일으켜 어깨를 다독여주고 보냈다. 지금 생각하면 웃기지도 않다. 고작 한 살 많다고 그렇게 어른처럼 굴었다는 게 사실 나로서도 어이가 없다.

같은 층에는 다른 두 개의 가게가 있었는데, 한쪽엔 젊은 부부가 하는 술집이 있었고, 계단 뒤쪽으로 난 문 안쪽에는 일명 '삐끼 집'이라고 하는 간판도 벨도 없이 문만 덜렁 있는 술집이 있었다. 나는 그곳이 복도 끝에 있는 외부 화장실인 줄로만 알았다. 하지만 여럿이 뭉쳐서 문을 열고 오가는 걸 보게 되었고, 가게 이모에게 물어보니, 거기는 호객행위를 해서 손님을 직접 데리고 들어가는 곳이라고 알려주었다. 가끔 그곳에서 일하는 언니들이 커피를 마시러 왔는데, 덩치가 크고 화장을 진하게 한 언니들이었다. 당시에는 가게 안에서 담배를 피워도 됐는데, 그들이 가게에 올 때면 우리는 계속 문을 열어 놓고 있어야 했다.

술집을 하는 젊은 부부는 세상없이 착한 사람들이었다. 그들의 선함을 신이 몰라주시는 건지 젊은 부부는 자주 업종을 바꾸었다. 내가 마지막으로 본 그들의 가게는 대패 삼겹살 전문점이었고, 다행히 그건 꽤 오랫동안 그 가게 간판으로 붙어 있었다.

〈하이크라스〉는 투자한 사장과 사장 부인의 오빠 내외가 돌아가면서 가게를 봤는데, 그들 말고도 또 투자한 사장이 하나 더 있다고 했다. 나는 별 거 아닌 일로 옆 가게 젊은 남자 사장의 멱살을 쥐고 언성을 높이는 사장을 목격한 적이 있었다. 자기 분노에 자기가 죽을 것 같은 화를 폭발시키며 사장은 괴성을 질러댔다. 어떤 이유인지 알 수 없었지만, 욕이 반인 그의 말속에는 치사량에 가까울 정도의 분노가 깃

너, 뭐 먹고 살았니?

들어 있었다.

다들 슬금슬금 뒷걸음을 쳤지만 나는 그가 무섭지 않았다. 사장의 손에 멱살이 붙들린 앞가게 사장의 초연한 얼굴이 오히려 더 무서웠다, 나는. 사장은 가끔 수금을 하듯 가게를 찾았고 배바지를 당겨 올려가며 훈시를 늘어놓곤 했지만 다행히, 〈하이클라스〉 가족들에게는 목청을 돋우거나 험한 말을 내뱉은 적은 없었다.

사장 사모는 일주일에 하루, 그녀의 올케가 쉬는 날에만 나와서 주방에서 일을 했다. 사모는 골뱅이를 무치다가도 담배를 피우며 자기 인생을 한탄했다. 딱 보기에도 예쁜 얼굴을 한 사모는 젊은 시절 자신이 얼마나 화려한 인생을 살았는지 자주 나에게 읊어대곤 했다. 자연 쌍꺼풀이 너무 진해, 일부러 만들어 넣은 것처럼 부자연스럽게 눈이 컸던 그녀는 그 시절을 그리워하듯 고개를 살짝 젖힌 채 회상에 잠기곤 했다. 어떤 옷들을 입었고, 어떤 집에서 살았고, 돈이 얼마나 많았었는지, 직원이 얼마나 많았었는지, 사모는 이미 과거가 된 일들을 되짚어 늘어놓았다. 매번 사모가 열거했던 숫자가 조금씩 달라졌지만, 나는 그 가운데서도 사모의 삶속의 진실을 보았더랬다.

〈하이크라스〉는 소고기볶음밥이나 김치볶음밥, 오므라이

스와 같은 식사부터 차와 커피, 그리고 파르페 같은 음료들은 물론, 병맥주와 생맥주도 팔았다. 골뱅이 소면과 과일안주, 한치와 오징어를 비롯한 마른안주도 인기가 좋은 안주 메뉴였다. 기본 안주로는 팝콘이 나갔는데, 매일 팝콘을 새로 튀겨서 그런지 고소한 향이 가게를 떠나지 않았다.

가끔 되도 않게 과일안주와 양주를 시키는 손님이 있었는데, 그럴 때마다 나는 근처 슈퍼로 냅다 달려가 임페리얼 한 병을 사 와야 했다. 양주 손님들은 뭐가 달라도 달랐다. 술을 사러 갔다 왔다는 걸 알고는 팁을 챙겨 주었는데 꽤 많은 돈이었다. 양주가 6만 원인데, 팁을 4만 원이나 주었으니까.

우리는 사모의 올케를 이모라고 불렀는데, 이모는 우리에게 너무나 친절했다. 이모 내외는 아르바이트를 하는 애들 모두를 정말 자식처럼 대해줬다. 그래서 일하는 게 하나도 힘들지 않았다. 일이라는 건, 일하는 환경이 더없이 중요하다는 것을 나는 그때 알았다.

하이크라스의 클래스
물론, 매번 그런 건 아니었다. 〈하이크라스〉에서 제일 잘

너, 뭐 먹고 살쪘니?

팔리는 안주는 골뱅이 소면이었는데, 한번은 남녀 손님이 와서 골뱅이 소면과 맥주를 시켰더랬다. 주문을 받은 건 나였다. 그런데, 무슨 문제가 있었는지 여자 손님이 나를 불렀다. 자기는 여기 자주 와서 이 메뉴를 시켜 먹는데, 자기가 원래 먹던 맛이 아니라는 거였다. 그러면서 나보고 먹어보란다. 나는 그녀의 말대로 새 젓가락으로 소면을 조금 집어 입에 넣었다. 하지만 나는 그녀가 느끼는 그 미세하고 분명한 차이를 구분해내지 못했다. 아무 이상이 없는 것 같다고 하자, 그녀는 내게 자신의 승무원 신분증을 꺼내 보였다. 자기도 접객 서비스를 하는 사람인데, 어떻게 손님 앞에서 그걸 먹어 보일 수 있느냐고 했다.

어렸던 나는 '자기가 그렇게 하라고 하더니 이건 또 뭐임?' 이런 생각이 들었지만, 금세 주눅이 들고 말았다. 여자 손님은 나보고 접시를 들고 안 보이는 데로 들어가서 먹어보고 새로 해줬어야 했다고, 정확한 답안을 알려주기까지 했다. 그 말이 대단히 센 말도 아니었는데, 나는 그만 펑펑 울고 말았다.

상황은 주방에 있던 이모가 나와서 정리했다. 돈을 받지 않고 그들을 보냈다. 그들은 분명히 불만족스럽게 가게를 떠났다. 그러니 돈을 받지 않는 건 당연했다.

한참 동안 나는 주방에 쪼그리고 앉아서 울었다. 나를 데리러 들어온 이모는 내가 올 거라고는 생각지 못했다고 했다. 평소처럼 당당하게 말로 대거리를 하지 그랬느냐고 말했다. 그랬다. 그렇게 했어야 했다.

그런데, 그 상황에서는 아무 말도 떠오르지 않았다. 떠오른다 한들 내 말로 바뀔 수 있는 상황이 아니었다. 무엇보다도 그 손님이 원하는 '접객의 정석定石'을 나는 절대로 해낼 수 없었다. 괜한 대거리로 또 다른 약점을 잡히게 될 거라는 걸 나는 잘 알고 있었다. 나는 접객 서비스라는 것을 1도 모르는 상태였으니까.

물론 지도편달은 감사하나, 그런 식으로는 배우고 싶지 않았다.

지금도 가끔, 골뱅이를 먹을 때면 그녀의 신분증이 떠오른다. 신분증을 내밀던 그녀의 긴 손가락과 화난 듯 앙다문 입술이. 나는 이제, 그녀가 남들 앞에서 당당히 승무원 신분증을 꺼내 보였다는 자체만으로도 그녀를 대단하게 생각하게 되었다. 자기 일에 대한 자긍심과 자부심이 넘치는 그 모

너, 뭐 먹고 살쪘니?

습에는 기꺼이 박수를 보낸다. 하지만 그녀의 과잉에 대해서는, 글쎄다. 하필 아무 힘도 없는 내게 왜 그런 과시를 하고 싶었던 것일까? 그런 식으로 자존감을 끌어올려야만 견딜 수 있는, 어떤 일을 겪었던 것은 아닐까? 그녀가 가지고 있는 철두철미한 직업의식은 직업의식이 아니라 그녀의 삶 자체였던 걸가? 직업으로서의 소명은 철저히 지키던 그녀였을까? 글쎄 잘 모르겠다.

지금의 나는 이러저러한 생각으로 그녀의 손끝에 놓여 있었던 그 증명을 이해하려고 애쓰게 되었다.

이런 이해의 과정, 이건 작가의 접객 서비스다.

잡내 없는
돼지뼈찜

나는 가끔 돼지 잡뼈로 찜요리를 해 먹는다. 값도 싸고, 양도 많고. 물론 시간이 좀 걸린다는 단점이 있지만, 돼지 등뼈를 잡고 뜯는 순간 그 단점은 금세 머릿속을 떠나게 된다.

몇 해 전, 연희문학창작촌에 입촌해 있을 때는 공동주방에서 이 요리를 해서 작가들과도, 그곳에서 일하는 직원들과도 나눠 먹었더랬다. 들깨를 많이 풀어 고소하게 끓이기도, 매운 고춧가루를 조금 섞은 다진 양념을 베이스로 매콤하게 끓어내기도 했다.

이 요리의 핵심은 돼지 잡내를 잡는 것! 살이 많이 붙은 돼지뼈를 수급하는 것만큼, 아니 그보다 더 중요한 건 충분히 핏물을 빼줘야 한다는 것이다. 그래야 잡내가 없다. 미지근한 물에 한두 시간 이상 충분히 담가서 핏물을 빼되, 여러 번 물을 갈아주어야 한다. 핏물을 뺄 때 설탕을 쓰기도 하는데, 설탕의 성분이 피를 더 빨리 빠지게 한다고 들었다.

몇 시간 동안 핏물을 빼낸 돼지뼈와 충분히 불리고 삶아 껍질을 벗겨낸 시래기를 냄비에 넣고 한참을 끓인 후, 대파와 양파 등을 자비 없이 넣어 다시 끓여낸다.

듣기 좋으라고 한 소리였겠지만, 모두 이 요리에 완벽하게 만족했다고 표현했고, 그 말에 걸맞게 맛있게 먹어 주었다.

"이건 팔아요, 누나!"

동료 소설가 K는 사뭇 심각하게 이 요리에 대한 애정을 드러내기도 했었다. 가게를 하나 빌리고, 돼지 뼈찜 전문점을 차리고, 손님이 들고, 입소문이 나고, 그러면 우리는 돈을 얼마나 벌게 될까. 우리는 그런 상상을 하고 또 했다. 만져 본 적 없는 돈을 세는 건 생각만으로도 우리를 너무 행복하게 만들었고, 우리는 어린애들처럼 킥킥대며 돼지뼈에 붙은 살을 발라 먹었다. 물론, 셈이 밝지 않은 작가 여럿이 돼지 등뼈를 뜯으며 하는 상상에는 손익계산이 빠져 있었다.

"이렇게 해서 얼마를 받아? 싸게 하면 이 맛을 못내. 내가 먹으려고 하니까, 원산지 따져서 재료를 구해 오지."

협동조합 이야기까지 나왔던 우리의 대화는 갈데없이 맴돌다, 다시 밥그릇으로 돌아오곤 했었다.

너, 뭐 먹고 살쪘니?

직접 만들어 먹는
식후땡!
플레인 요구르트

내가 어릴 때, 젊었던 아버지는 유산균을 키웠다. 폴립 덩어리처럼 생긴 하얀 유산균은 아버지의 유리병에 담겨 있었다. 아버지는 이틀에 한 번 꼴로 새 우유를 넣어 유산균을 배양했고 출근 전마다 유리병 속의 우유를 한 컵 따라 마셨다. 곱슬머리에, 다부진 몸을 가졌던 서른 중반의 아버지는 유산균이 배양된 우유를 좋아했다, 고 나는 기억하고 있다.

노년이 된 아버지는 우유보다도 막걸리를 더 자주 마시는 사람이 되었다. 센 술은 마시기 힘들어서, 라는 걸 나는 알고 있었다. 그런데도 나는 아버지에게 종종 물었다. 왜 하필 막걸리냐고. 아버지는 속이 든든해서, 라고 답을 했다. 그런 대답을 들을 때마다 나는 하얀 셔츠를 입고 부엌에 선 채로 유산균이 배양된 우유를 들이켜는 젊었던 아버지의 모습을 떠올렸다.

나도 유산균을 좋아한다. 세상에! '균'을 좋아한다고 말하다니.

자랄 때에는 집에 우유와 요구르트를 배달시켜 먹었더랬다. 연세우유, 건국우유 등등 수차례 우유 브랜드가 바뀌었다. 그건 플라스틱으로 된 커다란 믹싱볼이나 설거지 통 같은 대단찮은 것들을 받고 장기계약을 했거나 그 계약을 변경했기 때문이었다. 그러거나 말거나 우유와 요구르트를 먹는 건 행복한 일이었다. 나는 우유를 얼려서 셔벗처럼 먹기도 했는데 밥숟가락으로 퍼먹는 재미가 있었다. 그리고 내가 좋아했던 건 '바이오거트' 복숭아 맛. 복숭아 과육이 씹히는 식감이 너무 좋았었다.

내가 다시 요구르트를 좋아하게 된 것은 2019년 인도를 다녀온 이후부터였다. 인도 중부에 위치한 자문 레지던스에 머물면서 가정식 요구르트에 흠뻑 빠지게 되었다.

너, 뭐 먹고 살쪘니?

요리를 해주는 부인들의 솜씨는 더할 나위 없었지만, 내 입에는 그 음식들이 너무 짰다. 나는 오랫동안 음식을 싱겁게 먹고 있는데, 그건 너무 잘 붓는 체질 때문이었다. 동료들과 외식을 할 때에도 좀 짜다 싶은 음식을 먹으면, 곧바로 손가락이 부었다. 너무나 즉각적으로 반응이 오는지라 짠 음식을 조심하게 되었다.

　　인도 남부의 가정식 차림 중에서 내가 가장 좋아했던 것은, 신선한 과일과 요구르트였다. 좀 짠 카레에 요구르트를 섞어서 먹으라고 조언한 카슈미르 출신 자히드는, 친절하게 어떻게 먹는지 보여주기까지 했다. 자히드는 집에서도 어머니가 요구르트를 매일 만들어 준다고 했다. 깨끗한 그릇에 요구르트 가루를 넣고 우유와 섞어 반나절만 상온에 두면 맛있는 요구르트가 만들어진다고 말하면서 카레에 요구르트를 섞었다. 하지만 나는 왠지 모르게 카레에는 요구르트를 섞을 수가 없었다. 자히드는 한국에서는 이렇게 먹지 않느냐고 물었고, 나는 음식에 섞는 경우는 별로 없다고 말해주었다. 자히드는 이게 얼마나 맛있는데, 하는 표정으로 두 눈썹을 이마 위로 움직여 보였다. 레지던스에서는 매끼마다 여섯 명의 작가와 매니저가 함께 식사를 했는데, 매니저 부부인 자일즈와 유베어, 그리고 브렌다와 나는 요구르트와 카레를 섞지 않고 먹었다. 자히드와 벵갈 시인 쇼우빅만 그렇게 먹었다.

나는 요구르트는 요구르트대로, 과일은 과일대로 먹었다. 매일 새롭게 만들어지는 요구르트의 신선함을 최대한 만끽하고 싶어서였다.

나는 가끔 인도가 그립다. 땀이 나지 않을 정도로 따뜻했던 1월의 벵갈루루 날씨가 그립다. 함께 한 달여를 지냈던 친구들과, 자문 레지던스의 마담 뚜룹띠는 물론, 낭독회에 참석해줬던 벵갈루루 지역 작가들과 기자들도 그립다. 그리고 매끼마다 새 요구르트를 먹던 그날의 식탁이 그립다. 밍밍하면서도 담백한 그 맛이 무척이나 그립다.

인도에 다녀오고 나서, 나는 이제 집에서도 요구르트를 만들어 먹는다. 전에도 만들어 먹은 적이 있었는데 그때는 시판 요구르트를 우유와 함께 제조기에 넣고 기다렸다. 요구르트는 시판 제품의 단맛을 많이 포함하고 있었고, 그 맛은 나이가 들어갈수록 질리는 맛이 되어 버렸다.

너, 뭐 먹고 살쪘니?

지금은 스타터를 사서 플레인 요구르트를 만들어 먹는다. 슈퍼에서 가장 싼 우유를 사서, 제조기에 스타터와 함께 넣고 아홉 시간을 기다린다.

　　일주일에 한 번이면 충분하다. 혼자라면 말이다. 나는 완성된 요구르트에 오트밀과 견과류를 으깬 시리얼을 넣어 먹는다. 집에 있는 작은 용기에 소분해 담아 냉장고에 넣어두고 하루에 한 개씩 꺼내 먹는다.

　　유산균이 장까지 살아서 가든, 못가든 내가 느끼는 풍미와 기억들은 오래오래 나를 건강하게 할 것이다.

봄은
참외 한가득
여름을 좋아해

여름엔 참외가 옳다.

나는 수박보다 참외를 더 좋아한다. 큰 덩이의 수박을 사는 것도, 그렇다고 쪼개서 파는 수박을 사는 것도 왠지 모르게 망설이게 된다. 작은 수박으로 사먹으면 되겠지만, 맛있었던 적이 없었기에 패스. 무엇보다도 나를 망설이게 하는 건, 수박을 먹은 날은 화장실에 너무 자주 가게 된다는 점이다. 물론 그건 수박 탓이 아니다. 적당히를 모르는, 내 식탐이 문제일 뿐.

이십 대 시절부터 낮밤이 바뀐 생활을 오래 해왔던 나. 신장이 약해졌다. 외부에서 식사를 할 때, 좀 짜다 싶은 음식을 먹으면 곧바로 손가락이 붓는다. 그래서 내가 해 먹는 음식에는 간을 약하게 하는 편이다. 신장이 약해지면서 화장실도 자주 가게 되었고, 머리도 친구들보다 빨리 셌다. 등단을 한 서른여섯 그 해부터 머리가 세기 시작했는데 지금은 염색을 하지 않으면 안 될 만큼 흰머리가 많아졌다. 어쩌다 내 정수리에 하얗게 내려앉은 흰 머리칼을 보게 된 사람들은 보기보다 머리가 많이 셌다며 놀라기도 한다. 그런데도 나는 아직까지 새치 염색은 하지 않고 가끔 멋 내기 염색을 하고 있는데, 이건 내 나름의 소심한 저항 같은 것이다. 더 이상 멋 내기 염색도 의미가 없어지게 되면, 그냥 백발로 다닐 것이다. 백발성성한 나. 그다지 이상할 것 같지는 않다. 하긴 어찌 알겠는가. 그때가 되어 봐야 알겠지.

아무튼 물 많은 수박보다 참외가 좋다는 이야기다.

수박보다 작아서 먹기 편한 참외. 물론 참외 씨까지 사랑할 수는 없다. 평소 참외를 먹을 때 나는 씨가 박힌 부분은 긁어낸다. 친구들은 제일 맛있는 부분인데 왜 그걸 안 먹느냐고 타박을 하기도 하는데, 좀처럼 잘 먹히지 않는다. 소화가 안 되는 것도 이유라면 이유. 하지만 지인 J가 선물한 참외는 특별히 씨앗까지 맛있게 먹고 있다.

J는 내가 한예종 다닐 때 우리 과가 속한 협동과정의 행정조교였다. 나는 J를 입시 때 처음 보았다. 회색 니트를 입고서 수험생들을 안내하던 J의 차분하고 선한 표정이 아주 오래 남았더랬다. 도인 같기도, 부처 같기도 한 인상을 가진 사람이었다, J는.

학교에 입학하고 보니, 우리 과에는 학생들이 가 있을 공간이 없었다. 내가 입학한 협동과정 서사창작과는 극작과 안에 서사창작 전공으로 있다가 내가 입학한 바로 그 해, 교육과정을 독립시킬 필요가 있다는 판단 때문에 별도의 학과로 독립시킨 과였다. 그런데 과 독립에 맞춰 진행되어야 할 행정적 지원은 더디기만 했다. 또한 연극원 건물 안에 방 하나를 얻어내는 건, 학생들과 우리 과 실습조교가 있을 공간을 쟁취하는 건, 학과가 독립되는 것만큼이나, 아니 그보다도 더 어려운 일인 듯했다.

자연히 갈 곳이 없었던 나와 내 동기들은 실습조교와의 친분을 구실 삼아 조교들이 함께 머무르던 공간을 자주 찾게 되었고 그곳에서 종종 먹을 것을 시켜 나눠 먹기도 했다.

그곳은 J가 일하는 사무실이기도 했다.

J는 나와 동갑이었지만, 그는 1월생이라 빠른 년생이었고 선배였으며, 조교이기도 했다. 그래서 나는 J에게 조교님, 하고 호칭을 붙여 존대를 했다. J도 다른 학생들보다는 나이가 많은 내게 존대를 했다. 그리고 우리는 지금까지도 서로에게 존대를 하고 있다.

J의 아버지와 동생은 칠곡에서 참외 농사를 짓는다고 했다. 덕분에 우리는 상품이 되지 못한 못난이 참외를 많이 얻어 먹었다. 조교 셋이 함께 쓰는 사무실 회의 탁자를 점령하고 두런두런 이야기를 쏟아내며 참외를 아작아작, 해치웠다.

그것도 벌써, 십여 년이 지난 일이다. 나는 하얗게 머리가 셌고, J는 상품(上品) 참외처럼 이마가 환하게 넓어진 중년이 되었다. 그리고 우리는 가끔 술잔을 기울이는 좋은 친구가 되었다. 내 책이 나왔을 때, J의 작품이 무대에 오를 때, 우리는 서로를 격려하고 마음을 보태고 있다.

『좌파 고양이를 부탁해』가 좀 팔리기 시작하면서 30쇄를 찍으면 다시 만나자고 했는데, 우리는 곧 다시 만나서 술자리를 갖게 되었다. 내 서재에 모여 내 방식대로 준비한 요리를 차려냈는데, 모인 이들 모두 만족스러워했다. 많이 먹어도 속에 부대끼는 게 없어서 좋았다며 간이 심심한 음식과 내가 담근 막걸리까지도 남기지 않고 다 먹어주었다.

과거 언젠가는 J 때문에 가슴이 설렜던 때도 있었다. 나는 그런 마음을 숨기지 못한다. 가볍게 악수를 나눈 후 헤어지고 돌아오는데 괜히 눈물이 났다. 우리 사이의 거리는 늘 적정거리였는데, 그날따라 그 거리가 그렇게 서럽게 느껴졌다. 집으로 돌아오는 택시 안에서 나는 쏟아내듯 눈물을 흘렸다.

물론, 지금은 그런 일들도 담담하게 이야기를 나눌 수 있는 사이가 되었다.

나는 J에게 상품으로 판매되지 않는 참외들을 싸게, 아주 많이 사고 싶다고 말했다. 여름 내내 냉장고에 넣어두고 먹을 참으로. 마침 J는 고향에 갈 일이 있다며 갖다 주겠다고 했다

너, 뭐 먹고 살았니?

그리고 J가 참외를 가져왔다. 10킬로그램이나. 괜히 참외 이야기를 했나 싶어 미안한 마음이 들었다. 참외 상자에는 J의 아버지의 이름인지, 동생의 이름인지 그의 가족 이름이 생산자로 박혀 있었다. 마침 나가는 길이라 집에다만 들여놔 달라고 하고 함께 집을 나섰다. 나는 J 덕분에 한동안 참외를 실컷 먹게 됐다고, 고맙다고 인사를 했다. 내 말에 J는 참외가 찬 성질이 있다며 한꺼번에 많이 먹지는 말라고 당부했다. (나를 너무 잘 아는 J)

저녁에 돌아와 박스를 열어 보고 J에게 미안한 마음이 더 들었다. 참외에 대해 잘 모르는 내가 봐도 모두 상품(上品)이었다. 못난이 참외를 원했던 건데 J는 크고 껍질이 반들반들 환하게 빛나는 참외를 선물했다.

나는 좋은 상품을 보내줘서 고맙다고 메시지를 남겼다.

J는 '좋은 작가니까 상품을 드셔야지요'라고 답장을 보내왔다.

다시 내가 어깨가 들릴 것 같다고 하자,

J는 '좋은 작가라는 걸 의심하지 말라'고 덧붙였다.

그의 메시지에 나는 정말 어깨가 들렸다.

나는 글을 쓰고, 읽는 걸 좋아하는 사람이다. 그래서 그런지 그 어떤 것보다 글로 전하는 마음이 폐부 깊숙이 스며든다.

참, 참외가 달다.

속도 없이, 올여름이 길어졌으면 좋겠다.

너, 뭐 먹고 살쪘니?

호주에서
물 건너온
영양제

건강 염려증

나는 건강에 대해 민감한 편이다. 아니 몸이 아플까 봐 자주, 쉽게 겁먹곤 한다. 남들보다 병원에 자주 다니고, 아픈 데가 있으면 곧바로 체크해서 원인을 파악하려 한다. 이런 내 모습은 남들이 보기에 좀 극성으로 보이기도 할 것이다. 그렇지만, 그런 염려증 덕분에 나는 생각보다 튼튼하게, 건강하게 잘 먹고 잘 마시고 또 잘 살고 있다.

호주

영양제에 본격적으로 눈을 뜨게 된 건 영양제의 천국, 호주에 다녀오고 나서부터다.

2015년, 둘째 언니네가 호주로 이주하기로 결정했다. 형부가 시드니 본사로 옮기게 되었기 때문이었다. 형부가 먼저 출국했고, 언니와 조카는 방학이 되어서야 형부를 만나러 호주로 가게 되었다. 그 덕에 언니를 따라 잠시 호주에 다녀왔다. 15일간의 여정이었고, 한 번도 가본 적 없는 반대 계절의 나라에서 나는 낯설고 불편하고, 더러는 신기한 여러 가지를 경험했다.

그 유명한 블루마운틴의 절경에 감탄하기도 했다. 몸을 동그랗게 웅크린 코알라는 귀여웠지만, 코알라에게 가까이 다가갈수록 녀석이 뿜뿜하는 냄새와도 지나치게 가까워졌다. 이국의 동물이 풍기는 찌르르한 체취는 쉬이 삼켜지지 않는 종류의 냄새였다. 간밤 과음에 떡실신한 듯 시종일관 누워서 일어날 기미를 보이지 않던 캥거루의 등짝도 실컷 보고 왔다. 도대체 캥거루는 언제 몸을 일으킬까, 일어나서 배주머니가 있는 걸 보여주면 좋겠다, 하는 마음으로 내내 기다렸지만, 갇힌 존재의 피로감을 온몸으로 뿜어낼 뿐, 녀석은 나와는 마주하지 않았다.

우리나라처럼 길가에 개나 고양이가 저 혼자 돌아다니는

너, 뭐 먹고 살쪘니?

광경은 15일 내내 한 번도 본 적이 없었지만, 동백꽃에 머리를 박고 꿀을 빨고 있는 앵무새는 참새나 까치만큼 자주 보았다. 아마존에 가면 나는 내 상상을 초과한 자연 앞에 얼마나 무너질 것인가, 그런 아득한 상상으로도 나는 쉬이 어지러움을 느꼈다.

천혜의 자연은 자연대로, 인간들의 삶은 삶대로 흘러간다. 우리 가족은 주차장이나 쇼핑센터에서 인종차별을 겪기도 했는데, 어떤 경우에는 은근했고, 어떤 경우에는 치졸했고, 더러는 심한 모욕감이 느껴질 정도로 폭력적이기도 했다. 혼자였을 때보다 가족이 모여 있을 때, 우리를 향해서 욕을 하며 지나가는 백인들이 종종 있었는데, 나는 운전에 집중하지 않고 우리를 욕하던 백인들이 탄 차가 그 길로 어딘가에 처박히기를 바랐다. 그러거나 말거나 잘 살고 있겠지 뭐.

나는 시드니에서 지내는 동안 워홀러와 영주권을 가진 자영업자들 간의 미묘한 갈등도 알게 되었다. 자영업자의 천국이라던 호주도 점점 정책이 바뀌고 있었고, 자영업자로 살아남는 것은 매번 새로운 모험을 감행해야 하는 일이라고 했다. 워킹 홀리데이로 해외에 파견되는 한국 청년들의 대부분이 호주로 오게 된단다. 그만큼 수가 많다 보니, 워홀로 와 있는 한국인들 간의 갈등도 많아 보였다. 워홀러들에게 영어를 배우면서 일할 수 있는 환경은 애초부터 없었는지도 모르겠다. 일만 하거나, 영어만 하거나, 그 둘 다 못하거나 하는 세 개의 선택지만 있다고 말하는 사람들이 많았다. 물론 그런 악조건 속에서도 언제나 용자는 나온다. 일도, 돈도, 경험도, 영어까지도 알차게 챙겨가는 이들도 있다고 했다.

내가 인터뷰한 청년들은 주급제의 지옥에 빠져서 삶을 주단위로 계획하고 탕진하면서 산다고 했다. '탕진'할 수밖에 없는 짧은 주기의 순환구조 때문에 어쩔 수가 없다고 말이다. 환전 사기는 심심치 않게 일어난다고 했다. 더러는 더 심각한 사건이 터지기도 한다고 들었는데, 아니나 다를까, 내가 시드니에 머물던 기간 중에 우리가 있던 에핑 지역에서 한국 워홀러 간의 살인 사건이 발생했다. 곧 귀국을 앞둔 워홀러의 돈을 환전해준다고 받아서 탕진한 청년은 돈을 갚지 못하게 되자 상대를 살해하고, 커다란 쓰레기통에 시신을 유기했다. 한국에는 크게 보도되지 않았지만, 시드니에서는 연일 그 사건이 집중적으로 보도되었다.

지구 반대편의 나라에서 목숨을 잃고, 마음을 잃고, 돌아

너, 뭐 먹고 살쪘니?

갈 곳을 잃은 청년들을 나는 마음에 묻고 떠나왔다.

모두의 도서관

나의 조카는 수학 영재다. 피아노를 잘 쳤고 책 읽는 것을 좋아했다. 무엇보다도 역사를 좋아해서 역사책은 읽고 또 읽었다. 조선왕조 역사는 줄줄 읊는 수준이다. 또, 조카는 아버지를 그 누구보다 사랑하고 존경했다. 아버지가 영어를 하는 만큼 자신도 영어를 구사하고 싶어서, 가 있는 동안에도 계속 영어를 익혔다. 말을 머릿속으로 생각해 발음하는 어른들과는 달리 조카는 하루가 다르게 말이 늘었다. 새로운 자극은 기억을 더욱더 풍요롭게 하기에 이 뛰어난 아이에게 어른들이 해줄 수 있는 건 좋은 책을 많이 읽히고, 새로운 자극을 많이 경험하게 해주는 것뿐이었다. 형부는 그런 일에는 세상 누구와 겨루어도 뒤지지 않을 만큼 경지에 다다른 사람이었다.

한국에 있을 때도 퇴근 후 돌아오면 항상 조카에게 책을 읽어주고(구연동화를 한다) 함께 그 책에 대해 이야기를 나눴다. 주말이면 언니를 나가 놀게 하고 자신이 아이와 종일 시간을 보냈다. 절대 화를 내는 법이 없었는데, 나는 형부의 그 평정심, 항상성이 언제나 대단하게 느껴졌다. 둘째 언니의 예민함을 언제나 둥그렇게 안아주었는데, 나는 그 두 사람의 대비가, 종래에는 안정적으로 바뀌는 것을 목도하며 늘 어딘가에 있을 신에게 감사 인사를 올렸다. 내가 둘째 형부를 방배동 성자, 이제는 시드니 성자라고 부르는 것은 이런 연유에서 비롯된 것이다.

호주에 있는 동안 내 생각은 더욱 굳건해졌다. 형부는 감정적인 언니를 기다려주고, 이해해주고, 아꼈다. 완전히 초월하거나 정말 사랑하지 않으면 안 되는 삶의 자세, 인간을 대하는 그런 본질적이고 초월적인 자세가 형부에게는 있었다. 나는 저런 배우자를 절대 만나지 못할 것이다. 왜냐하면 세상에 한 사람밖에 없기 때문이다. 둘째 언니는 전생에 뭘 했던 걸까? 아니, 형부가 나라를 팔아먹은 건지도 모른다.

시드니는 책값이 비쌌다. 특히 한국 책은 구하기도 힘들었다. 우리는 동네마다 있는 도서관을 찾아다녔는데, 나는 몇 군데 도서관을 돌아다니면서 매번 감탄에, 탄복에, 경의를 표하지 않을 수 없었다. 탁 트인 도서관 안에 젖먹이 아기를 데리고 올 수 있는 문화, 누구도 아기 울음소리에 짜증내거나 타박하지 않는 문화에 놀랐다. 공공도서관은 그 자체로 모두의 공간이었고, 모든 이에게 평등하게 서비스를 제공

너, 뭐 먹고 살았니?

했다. 너무나 본받고 싶은 모습, 풍경 그 자체였다.

영양제

그리고 너무나 많은 종류의 고함량 영양제, 크림 종류에 탄복했다. 벌꿀과 천연 보습크림도 정말 좋았다. 그때 싼 가격에 비해 보습력이 막강한 포포 크림을 알게 되었는데 지금까지도 나의 최애 아이템으로 여전히 잘 쓰고 있다.

나는 간이 약한 아버지를 위해 고함량 밀크시슬을 샀다. 나를 위해서도, 친구들을 위해서도 이브닝 프림로즈 (달맞이 꽃 종자유)를 샀다. 비싸지 않아서 좋았다. 메타무실이라는 식이섬유 제품은 무게만 덜 나간다면 몇 개라도 사 오고 싶을 정도로 만족스러웠다.

귀국 후에도 몇 번 호주 제품을 직접 구매하기도 했었다. 하지만 당시 내가 느꼈던 만족감은 이내 반감되고 말았다. 호주에서 샀을 때보다 훨씬 비싼 가격 때문이었다. 제품의 효능을 통해 얻은 만족감보다 가격이 주는 쾌감이 훨씬 더 크게 작용하고 있던 것이다. 약처럼 곧바로 작용하는 게 아니라 더 그랬다.

면역력

이십 대의 나는 '철인 28호'라는 별명이 붙을 정도로 체력이 좋았다. 하지만 나이가 드니 체력이 떨어지는 건 어쩔 수가 없다. 점점 몸이 약해지고, 조금씩 문제가 생기고 있다. 물론 본투비 철인이 어디 가겠냐마는, 과하게 좋았던 시절을 생각하면 아쉽기 그지없다.

그러다 2017년에는 면역력이 떨어져 고생을 하기도 했었다. 그때 친한 선배의 추천으로 종합비타민 오쏘몰 이뮨을 알게 되었는데 지금까지 오쏘몰 이뮨을 챙겨 먹고 있다. 효과는 확실했다. 나는 수면장애가 좀 있는 편이다. 깊이 자지 못하고, 자는 동안 여러 번 깼다. 수면의 질이 나쁘다 보니, 늘 피곤했다. 그런데, 이뮨을 먹고 나서 전보다 훨씬 길게, 깊이 잠을 잔다. 그래서 이 영양제가 내 분수에 맞지 않을 만큼 버거운데도, 계속해서 먹고 있다. 약사로 일하는 제자에게 같은 성분의 영양제를 더 싸게 구입해 먹는 방법이 있느냐고 물었더니, 여기에 함유된 것들을 다 구입해 먹는 게 더 비싸다고 했다. 이렇게 한 데 모아놓기도 힘들다고. 그러니 이걸 먹는 게 더 좋다고 말이다.

너, 뭐 먹고 살쪘니?

저분자 콜라겐은 선물 받아서 먹고 있는데, 달달하니 기분이 좋다. 요즘은 내가 만든 요구르트에 섞어서 먹고 있다. 콜라겐은 자기 전에 먹어야 한다는데, 자기 전에 먹고 또 양치질하고 자는 게 귀찮아서 낮에 먹는다. MSM은 출판사 디자이너가 추천해줘서 먹기 시작했다. 2년간 어머니 간병을 직접 했던 디자이너는 여러 가지 약과 처방에 대해 거의 전문가 급으로 알고 있었는데, 그가 다른 것을 제쳐두고 추천해준 영양제가 MSM이었다.

또 목을 많이 쓴다고, 고생한다고 주변에서 선물한 도라지즙과 홍삼액 등등을 가끔 먹고 있다. 어딘가에 좋은 성분으로 쓰이겠지.

근종도 내 몸

암도 세포잖아요! 하는 소리 같지만.

밀크시슬을 몇 년 먹었는데, 확실히 피로감이 적었던 것은 사실이다. 그런데, 밀크시슬 성분인 실리마린을 몸이 에스트로겐으로 인식할 수 있다는 이야기를 들었다. 자궁에 근종이 있는데, 그 이야기를 들으니 덜컥 겁이 났다. 스테인리스도 에스트로겐으로 인식될 수 있다고 하고, 대두 단백질도 그렇다고 한다. 병원에 가서 선생님께 물어보면 꼭 그런 건 아니라고 하는데, 근종은 내 주먹 만한 자궁 속에서 존재감을 과시하고 있다.

너무 오래 함께 해서, 나는 근종들에게 이름을 붙여주고 싶을 지경이다. 15년 전에 3센티미터로 처음 만난 녀석은 어느새 10센티미터 가까이 성장했다. 크기가 커지면서 방광을 압박해 화장실 가는 횟수가 늘었다. 어떤 아침에는 아랫배에 불룩 튀어 오른 근종의 현현에 감탄하기도, 공포를 느끼기도 한다.

나는 얼마 전, 밀가루와 자궁 근종과의 상관관계를 밝히는 논문이 있다고 들었다. 미국에서는 어느 정도 인정받고 있는 가설이라고 했다. 그 이야기를 듣고 난 후부터, 극단적이긴 하지만, 밀가루와 튀긴 음식을 끊었다. 6월 22일, 원래 수술이 예정된 날이었는데, 나는 계절학기 수업을 핑계로 수술을 9월로 미뤘다. 9월에도 수술을 취소했다. 식단 관리를 통해서 어느 정도 크기를 줄일 수 있다면 좋겠다는 바람을 가지고 있기 때문이었다.

너, 뭐 먹고 살쪘니?

주치의 선생님은 밀가루와의 상관관계보다 건강이 좋아져서 근종의 느낌이 덜 느껴지는 것 같다고 말했다. 밀가루는 원래 몸에 안 좋은 것이니 몇 달이나 끊었다면 몸 자체가 좋아졌을 것이라고 말이다. 미국산 소고기처럼 성장 호르몬을 통해 짧은 시간 내에 급성장시킨 고기가 몸에, 자궁에 더 안 좋다고 했다. 그건 교과서에도 명시되어 있는 내용이라고 말이다. 설명을 듣고 있자니, 고기 맛이 뚝 떨어졌다 (한동안 채식을 하게 될 것 같다!).

근종 때문이기도 하지만 마흔이 넘어서면서 나는 내 자궁에 대한 생각을 많이 하게 되었다. 완경이 다가오고 있고, 그 징후들 때문에 나는 많은 혼란을 겪고 있기도 하다. 호르몬이 교란시키는 내 감정들에 나는 자주 무너졌고, 주저앉았다. 내 몸의 주인은 내가 아니라 호르몬이라는 생각을 더욱 강하게 하게 되었다. 호르몬 수치가 변곡점을 찍을 때마다 내 감정과 내 몸의 상태가 널뛰는 것을 느낀다. 나도 어쩌지 못하고, 나도 어쩔 수 없는 내 마음의 상태가 되는 기분을 어떻게 표현할 길이 없다. 원래도 생리주기가 일정하지 않았는데, 서른여섯 이후부터는 주기가 짧아지더니 한 달에 두 번 손님이 찾아오기도 했다. 생리주기 때마다 급강하하는 내 감정을 어쩌지 못했다. 정말이지, 내 본심은 그게 아니었다. 그런데, 그때만 되면 감정의 낙폭이 나를 흔들었다.

처음에는 내가 왜 이러는지 몰랐다. 식욕이 늘고, 우울하고, 무기력하게 되는 이유를 다른 곳에서 찾았다. 하지만 이런 너울이 한동안 반복되면서, 나는 호르몬에 완전히 승복하고 말았다. 내 몸은 내 것이 아니었다. 그런 생각을 하고 난 이후부터 나는 내 몸에서 일어나는 일들을 하나씩 알게 되었고, 이해하게 되었고, 받아들이게 되었다.

나는 내 몸을 긍정한다. 크기와 무게뿐만 아니라, 지나치게 예민하고, 지나치게 솔직하고 발현이 잘 되는 것도 긍정한다. 앞으로도 나는 내 몸에서 일어나는 많은 일들에 귀 기울이며 내 몸과 소통하며 살 것이다.

사랑한다, 내 몸이여.

그 여름의
프랑스 언니들
그리고 막국수

토지문화관

강원도 원주에는 박경리 선생님의 자취를 느낄 수 있는
공간이 있다. 바로 선생님이 사셨던 집과 그 옆에 자리한 토
지문화관이다. 많은 사람들이 토지문'학'관으로 잘못 알고
있는, 바로 그곳이다. 토지공사에서 부지를 제공하고 설립된
문화관이라 '토지문화관'이 되었다고 한다.

나는 2016년 6월과 7월 두 달간 그곳에 머물렀다. 방은
작가들이 직접 제비뽑기를 해서 결정하는데, 나는 김민기 선
생님이 자주 묵으셨던 귀래관 1층에 자리한 제일 넓고 탁
트인 방을 뽑았다. 내가 큰 운은 없어도 이런 소소한 운은

좀 있는 편이다. 손맛이 좀 있달까.

방에 들어가 보니, 조용하고 서늘하고, 안정감이 느껴졌다. 책상 위에는 노트가 한 권 놓여 있었는데, 그 방에 묵었던 다른 작가들의 빼곡한 문장들이 담긴 노트였다. 나도 그 방을 떠나기 전에 글을 남기고 나왔다. 지금쯤이면 다른 노트로 바뀌었을까? 아무렴 진작에 그랬겠지. 벌써 몇 년이나 지났으니까.

누렁이와 함께

입주하고 며칠 안 되던 날, 나는 귀래관에서 본관으로 이어지는 나무 계단을 걷다가 초록색 꽃뱀을 보았다. 박경리 선생님께서 여기를 어떻게 오고 가셨을까 하는 생각에 잠겨 있었는데, 기다란 초록 형체를 보자마자 질겁을 하고 비명을 내질렀다. 내 비명에 뱀도 놀랐는지, 한참을 허우적대다가 계단 옆으로 미끄러져 내려갔다. 오래간만에 해가 쨍해서 볕에 몸을 말리러 나온 것을 내가 쫓아낸 것이었다. 그런 사정이 있거나 말거나, 나는 뱀이 너무 무섭다. 내가 다시 토지문화관을 가지 않는 이유는 다 뱀 때문이다. 맑고 깨끗한 곳에서 산다는 뱀, 그만큼 문화관 인근이 때 묻지 않았다는 것

　　　　　　　　　　　　　너, 뭐 먹고 살았니?

일 텐데도, 그렇게 맑고 잘 보존된 자연은 어쩔 때는 비명을
내지를 정도로 두렵고 또 두렵다.

이후부터 나는 본관으로 연결된 나무 계단을 지날 때면
노래를 불렀다. mp3 볼륨을 키워 혹시 있을지 모를 뱀에게
신호를 보냈다. 나중에는 지팡이를 구해 탁탁 치는 소리를
내며 건너기도 했다.

그나마 동네를 오갈 때에는 누렁이와 함께여서 많이 안심
이 되었다. 누렁이는 우리와 매일 산책을 함께 다니던 어미
개였는데, 쉬지 않고 연이어 몇 배의 출산을 한 후라 늘 피로
한 얼굴이었고, 기진맥진해 있는 걸 감추지 못했다. 그럼에도
충성스러웠고, 다정했다. 나는 녀석을 보면서 어린 시절 나
와 함께 자랐던 우리집 개, 메리를 떠올렸는데 생긴 것도 참
많이 닮았고, 성정도, 삶도 메리와 참 비슷했다.

밥 친구는 동지가 된다.

작가들은 그곳에서 삼시 세끼를 함께 한다. 아침은 커피
와 토스트 빵, 달걀을 가지고 직접 만들어 먹으면 되고, 점심
과 저녁은 정해진 시간에 제공된다. 식당 보드에 식사를 할
지 말지를 미리 표시하면 되었다. 세끼 밥을 같이 먹고, 산책
을 하고, 저녁에 술잔을 기울이니 안 친해질 수가 없었다. 밥

친구는 금세 동지가 되기 마련.

그렇게 세끼 밥을 잘 챙겨 먹고도 나는 자주 허기를 느꼈다. 변명이 아니라 이상하게도 '급식'은 배가 일찍 꺼졌다. 다먹고 돌아서면 뭔가 허전하고, 배가 부르다가도 괜히 서운해졌다. 정말이지 나는 잘못이 없다. 다 급식 잘못이다.

원주, 하면 막국수

일요일이면 각자 식사를 해결해야 했기에, 작가들은 동네막국수 집에 가거나 원주 시내에 다녀오기도 했다. 나는 서울에 다녀갈 일이 있을 때를 제외하고는 거의 매주 '슴슴한' 감자전과 비빔 막국수를 먹었다.

토지에는 문학 작가들 외에도, 화가, 방송작가, 시나리오 작가, 영화감독, 번역가, 작곡가 등 모든 분야의 예술가들이 머물다 갔다. 해외 작가들도 교류 프로그램이나 작가 개인의 신청을 통해서도 머무를 수 있었는데, 내가 머물 때는 싱가포르에서 온 소설가와 프랑스에서 온 두 명의 화가가 우리와 함께 지냈다.

너, 뭐 먹고 살았니?

실비와 플로렌스는 프랑스 남부에 있는 각자의 스튜디오에서 작업을 하고, 워크숍을 진행하며 일 년에 몇 번씩 전시를 하는 아티스트였다. 특히 실비는 한글의 글자 모양과 한국어에 대한 궁금증이 많았다. 플로렌스는 영매와 같이 촉이 강한 사람이었고 주변에 늘 관대했다.

나는 그녀들과 일요일마다 식사를 같이 했다. 동네 막국수 가게를 돌면서 맛을 비교하기도 했다. 실비는 내가 어떤 작업을 하는지 아주 궁금해 했는데, 나는 변변찮은 영어로 그녀를 웃기기도 했다. 확실히, 영어에 소질이 없어도 유머에 소질이 있으면 외국인도 웃길 수 있다. 새드 스토리를 쓰는, 마음이 슬픈 소설가와 다양한 페인팅 작업을 하는 아티스트와의 만남은 그렇게 깊어졌다. 막국수를 사이에 놓고서 말이다.

우리는 함께 동네 엄나무 아래 신당의 제를 구경 가기도 했다. 동네 어르신들이 생리하는 여자만 아니면 다 와도 된다고 알려왔을 때는 그런 '제한'이 불쾌하기도 했지만, 우리는 자정 무렵 동네 언덕에 올랐다. 막상 신당에 올라가니 어르신들은 모두를 따뜻하게 대해주셨고 우리는 함께 제를 올린 떡과 막걸리를 나눠 먹었다.

108명을 위한 108배

토지문화관 인근에는 천은사라는 작은 절이 있는데, 작가들은 가끔 그곳에 들렀다 오곤 했다. 나는 조그만 수첩에 내가 사랑하는 사람들의 이름과 내 소설 속 주인공 이름을 적어서 108배 수첩을 만들었다. 그리고 절에 갈 때마다 한 장씩 넘겨가면서 절을 올렸다.

당시 나는 첫 책 발간을 앞두고 있었다. 작가로 살아가는 삶에 대한 고민이 지금보다 훨씬 더 많았고, 그 고민은 경제적인 어려움과 작가로 살고 싶은 갈급 사이에서 오도 가도 못하는 상태에서 빚어진 것이었다. 그럼에도 나는 내가 만든 글 속 인물들을 사랑했고, 내가 만들어 세상에 부려놓은 존재들에 일말의, 아니 그보다 더 크게 가책을 느끼고 있었다. 나는 내가 목놓아 부르지 못하는 이름들을 위해 간절한 마음을 담아 기도하며 절을 올렸다.

'절하는' 동작은 단순히 몸을 움직여 기도하는 것만이 아니었다. 나는 절이라는 행위의 반복을 통해 내 몸 어딘가가 조금씩 깨어나고 일어나는 동시에 정화되는 것을 경험했다. 어느새 나는 알 수 없는 아득하고 어지러운 감정을 털어내기 시작했고 뭔가에 간절했던 내 몸은 눈물을 쏟아냈다.

너, 뭐 먹고 살았니?

108배를 다 올리고도 나는 한동안 자리에서 일어나지 못한 채 숨을 고르고 그렇게 앉아 있었다. 그리고 내 뒤에는 플로렌스가 숨죽인 채 가만히 나를 바라보고 있었다.

기도를 마치고 나오자 플로렌스는 나를 꼭 안아주었다. 자신의 첫째 딸이 불교에 심취하여 자신도 절에 오는 걸 좋아한다고 했다. 내가 느끼는 그 감정을, 우리가 언어로 다 표현하지 못할지라도 자신은 알 것 같다고 했다. 작열하는 태양 아래서 나는 플로렌스의 뜨거운 손을 맞잡았다.

다음날 오전, 플로렌스는 자신의 작품을 가지고 내 방에 들렀다. 플로렌스는 자연물에서 오는 영감을 작품으로 만들었는데, 내게 선물한 작품은 자신의 마을 바위를 먹으로 탁본한 것이었다. 무수한 시간의 흔적이 남은 돌의 표면은, 낯설기도 하고, 동시에 친근하기도 했다.

다음날부터 나는 실비와 플로렌스에게 비쥬를 해달라고 했다. 실비와 플로렌스는 내 청을 너무나도 반갑게 받아들였다. 그리고 이후 내내 나는 유일하게 두 언니들과 비쥬를 하는 사람이 되었다. 인사 방식이 바뀌자 더욱더 가까워진 건 말할 필요도 없고.

나의 프랑스 언니들

우리는 거의 매일 토지문화관 인근을 산책하며 많은 이야기를 나눴다. 종종 죽은 뱀 사체를 만나서 기겁을 하고 소리를 지르기도 했지만, 우리는 그 여름 이른 아침이면 아스팔트 길이 끝나는 지점에서 시작되는 마을 뒷산길을 올랐다.

나, 플로렌스, 실비는 잘 통했다. 우리는 영어로 소통했는데, 우리 중 실비가 제일 잘했고, 플로렌스와 나는 비슷했다. 그래서 우리는 서로의 이야기를 최대한 집중해서 잘 들어주었다. 모든 표정, 몸짓, 그리고 선택된 말과 말을 표현하고 있는 목소리 톤까지.

나는 6월 한 달, 이 언니들에게 담뿍 빠져 있었고, 한 달이 어떻게 가는지도 모르게 시간을 보냈다. 우리는 문화관 인근에 있는 천은사에도, 플로렌스가 꼭 가보고 싶다던 합천 해인사에도, 단오제가 한창이던 강릉에도 함께 다녀왔다. 시간이 누적되고, 다양한 경험이 공유되는 동안 우리들만의 정도 깊어졌다.

6월 마지막 주. 두 언니들은 토지 스튜디오에서 토지에 있는 동안 했던 작업들을 전시했다. 우리에게서 받아갔던 단어

너, 뭐 먹고 살쪘니?

들을 하나의 책으로 엮기도 했고, 먹과 펜, 그리고 한지로 토지문화관에서 만났던 자연을 있는 그대로, 펼쳐 놓기도 했다.

나는 토지문화관 주변에 지천으로 피어 있던 개망초 꽃을 이용해 두 개의 화관을 만들어 선물했다. 실비와 플로렌스는 기꺼이 그것을 받아주었고, 그날은 아주 행복하게 화관을 쓰고 행사에 임했다.

그리고 한 달간의 여정을 마치고 그녀들은 프랑스로 돌아갔다. 꼭 자신의 집에 놀러 오라는 말을 남기고서. 우리는 또 다른 모습으로 볼 수 있을 거라고, 눈물 지으며 약속했다.

실비는 이듬해 여름에도 한국에서 휴가를 보냈다. 그래서 나는 마산에서 작업을 하던 실비를 만나러 내려가기도 했었다.

우리는 만날 때마다 여러 장의 사진을 찍었고 공유했다. 나는 실비가 나를 쳐다보고 있는 사진을 정말 좋아한다. 그 눈빛에서 전해지는 감정이 선하게 가슴으로 스미기 때문이다.

나는 2019년 여름, 언니들의 집에 들러 며칠씩 보내고 왔다. 언니들은 물론 가족 모두의 환대를 받으며 넘치게 행복한 시간을 보냈다. 우리는 또 다시 만날 것을 약속하고 헤어졌다. 코로나가 터지지 않았더라면 2020년에 실비와 나는 한 달간 함께 시간을 보냈을 것이다. 전라도의 한 사찰에서 지내기로 계획하고 실비는 비행기 티켓도 다 끊어둔 상태였다. 하지만 코로나 때문에 일정을 미루고 또 미루다가 이내 티켓을 취소하게 되었다. 그러고도 또 한참의 시간이 지나버렸다.

우리는 가끔 서로의 안부를 묻고, 서로 가족들의 안부를 묻는다. 잘 지내고 있는지, 행복한 시간들을 보내고 있는지 걱정하고 궁금해한다. 그리고 정말 그리워한다. 열 시간 넘게 비행기를 타고 가야 만날 수 있는 곳에 있는, 살아온 환경도 삶의 경험도 너무도 다르지만, 나는 마음 깊이 그녀들을 사랑하고 존경한다.

코로나가 종식된다면, 언니들을 만나러 긴 여행을 떠날 채비를 할 것이다.

막국수 생각이 간절해서

마감을 끝내고 막국수 생각이 간절해 '고기리 막국수'를 먹으러 갔다. 기다림은 필연적이니 반드시 시간 계산을 하고 가야 한다.

너, 뭐 먹고 살쪘니?

수육 작은 것과 들기름 막국수. 이걸 먹으려고 여행을 가 듯 고기리를 찾는다. 김치도 일품이고, 무엇보다도 직원들 모두가 친절하다. 안정된 가게라는 생각이 드는 건 나뿐만 이 아니었다.

주문한 음식이 나오고 삽시간에 모든 그릇을 깨끗하게 비워냈다. 너무 완벽한 식사였던가. 나는 얼마나 굶주렸던 것일까. 몇 번의 자문자답. 맛있으니까, 로 결론.

계산을 하고 나오는데 구하기 힘든 들기름 막국수를 팔 길래 두 봉지 사 왔다. 4개의 개별 포장 안에는 순서대로 뿌 려 먹어야 하는 내용물들이 들어 있다. 메밀국수는 1인분씩 한 묶음으로 포장되어 있다.

메밀면 삶는 데는 내공이 필요한데 나는 아직 먼 것 같다. 늘 물이 넘치거나 덜 익거나 하는데, 아무리 해봐도 숙련될 것 같지가 않다. 집에서 먹기에도 맛있는 '고기리 막국수'지 만, 그래도 가서 먹어야겠다는 생각이 들었다.

여름철 별미로 먹는 막국수, 내게는 한여름의 기억이고, 한여름처럼 뜨거운 만남의 기억이다.

아삭아삭
복숭아
여름의 맛 1

엄마는 복숭아 털 알레르기가 있다. 복숭아를 먹을 때마다 살이 접히는 오금 쪽부터 울긋불긋 반점이 떠올랐다. 가족 중 유독 엄마만 그랬다. 그렇다고 엄마가 복숭아를 먹지 않았던 것은 아니다. 팔 오금을 살살 긁어가며 아삭아삭 소리를 내던 엄마의 모습이 내 기억 속에 선명하게 남아 있다. 민소매 원피스를 입은 날씬한 엄마. 유난히 흰 피부가 빛이 난다. 시골에서 나고 자랐지만 논이나 밭에는 가본 적 없는 형제 많은 집의 막내딸. 얇고 흰 팔 오금에 복숭아빛 열병이 도져도 복숭아를 놓지 않는다. 마치 금단의 열매를 먹는 것처럼 위험하면서도 달콤함이 혀끝에 고이는 모습이었다. 과육이 뜯겨나가는 사각 소리와, 입 안에서 아삭아삭 부서지

는 여름의 맛. 먹는 것을 바라보는 것만으로도 한낮의 나른
함이 느껴졌다.

많은 종류의 먹을 것을 좋아하지만 그중에서도 과일을
특히 좋아하는 나. 과일 중에서도 제철 과일이 좋다. 여름은
참외로 시작해 장마 전에는 수박을 먹고, 쨍하니 볕이 강해
지는 즈음에는 복숭아를 달고 산다. 물렁하고 물이 많은 황
도는 좋아하지 않는다. 여름 과일 중 단연 으뜸인 포도는 먹
는 과정이 너무 번거로워서 멀리한다. 부드러운 복숭아도 손
으로 흘러내리는 과즙 때문에 번거로워 아예 먹으려고 시도
조차 하지 않는다. 무조건 딱딱이 복숭아가 좋다 (다양한 품종
의 털복숭아가 많다는 걸 요즘 또 알게 되었다. 우리 농산물 만세!).

집 앞 마트에서 9900원 주고 여섯 개 든 딱딱이 복숭아를
샀다. 매일 사러 가지만 매일 살 수 없는 딱딱이 복숭아. 단
단한 과육이 달고 향도 진하다. 신선들이 좋아할 만하다.

유럽 여행이 즐거웠던 이유 중 하나는 납작 복숭아를 매
일 먹을 수 있다는 것이었다. 납작 복숭아는 베어 먹기도 좋
고, 향과 맛도 달콤하니 좋다. 오며 가며 마트에 들러 몇 개

씩 사서 매일 먹곤 했었다. 가격도 부담스럽지 않아 또 좋았다. 아! 언제쯤 다시 자유로운 여행을 할 수 있을까. 납작 복숭아를 먹던 예전이 그립구나.

프랑스 중부에 있는 자일즈와 유베어의 집에 방문했을 때, 우리는 매일 저녁을 마당에서 먹었더랬다. 해가 지는 것을 보며 저녁 풀을 뜯으러 온 소떼들을 동무 삼아 식사를 했다. 테이블 위에는 언제나 얼음을 곁들인 로제 와인과 납작 복숭아, 그리고 속이 무른 파파야가 준비되어 있었다. 우리의 수다는 끊기는 법이 없었고, 자주 자정까지 이어졌다. 내 생애 가장 낭만적인 저녁들이었다.

많은 기억들이 그리운 여름이 지나고 있다.

너, 뭐 먹고 살쪘니?

새콤아삭
침이 고인다
여름의 맛 2

바질과 레몬으로 향을 더한 오이피클

말복 날 마트를 지나다 오이를 샀다. 세 개 천 원, 열 개에 삼천 원. 망설이지 않고, 열 개를 샀다. 덤은 또 못 참지. 아삭이 복숭아 한 바구니만 사려고 했는데, 다 자란 오이 열 개에 애호박도 세 개나 사고 나왔다. 노각처럼 씨가 단단해지기 직전의 너무 익어버린 오이. 오이지를 만들기에는 씨가 크고 무르다. 오래간만에 오이피클을 만들어야겠다 싶었다. 애호박은 어떻게 먹어도 맛있는 식재료이니, 무조건 킵. 제철 채소를 듬뿍, 담뿍 살 때가 제일 행복하다. 이게 바로 여름의 맛이지.

피클은 원래 양념을 많이 한 소스라는 뜻이라고 한다. 여기서 양념이라는 건 바닷물이라는 게 정설. 중세부터 바닷물을 이용해 '네크로 박테리아'를 사멸시켜 저장음식을 만들었던 전통이 지금까지 이어져 왔다고 하니, 피클 너도 꽤 족보가 대단하구나.

집에 오자마자 오이 열 개를 모두 씻어서 한 입 크기로 썰었다. 손만 대면, 그냥 10인분 (1~2인분만 만드는 방법을 아시는 분이 있다면 알려주세요!). 양이 제법 되는지라 스텐 볼 두 개를 사용해서 오이피클을 담그기 시작했다.

나는 슴슴한 맛을 좋아한다. 그래서 피클을 담글 때도 소금은 조금만 쓰는데, 굵은소금 대신 구운 소금을 조금 사용한다. 썰어놓은 오이에 소금을 흩뿌리고 잘 섞어주면 내 방식대로의 피클은 거의 끝난 셈.

30분에서 1시간 정도 경과하면, 볼 바닥으로 흥건하게 물이 고인다. 나는 이 흥건하게 고인 물만 봐도, 침이 고인다. 오이피클이 식욕을 돋우는 것은 이 새초롬한 향과 맛 때문일 것이다.

오이에서 빠져나온 수분에 약간의 설탕과 레몬즙, 식초를

너, 뭐 먹고 살았니?

넣는다. 설탕이 잘 녹을 수 있도록 셰킷셰킷. 설탕과 물과 식
초의 비율을 동률로 하는 게 좋다고 다들 그러는데, 나는 소
금과 설탕은 좀 적게 넣는다. 내 입맛에만 맞으면 오케이!

부족한 느낌은? 화분에 키운 바질 잎을 따오고, 레몬 슬
라이스를 해서 채운다.

짜잔.

새콤아삭, 말복의 맛 오이피클이 완성되었다. 무더웠던, 하
지만 무더위마저도 외롭게 버텼던 여름이 이렇게 물러간다.

슬프게
배부른
막걸리

아버지와 막걸리

아버지는 막걸리를 좋아했다. 하루에 한두 병은 예사였
다.

그래서 나는 막걸리가 싫었다.

한동안 술을 끊고 몸에 신경을 쓴 기간이 있기도 했지만
대체로 아버지는 자신의 삶에 대해 비관적이었고, 그래서 늘
우울해했다. 건강해져서 누릴 수 있는 것을 기대하지 못하
는 삶. 아버지의 일상이, 매일의 얼굴이 그랬다.

너, 뭐 먹고 살쪘니?

시큼하고 텁텁하고 배만 부른데, 왜 아버지는 막걸리만 마시는 건지 이해가 가지 않았다. 우습게도 아버지는 내가 이해하지 못하는 바로 그 이유로 막걸리만 마신다고 했다.

이가 약해져서였다. 오십 대 후반부터 급격히 나빠진 치아 때문에 아버지는 고기를 씹어 먹는 것도 어려워했다. 그래서 우리 가족들은 한동안 장어구이 집에서만 모였더랬다. 임플란트를 해드리고, 틀니를 해드렸지만 이전으로 되돌아갈 수 있는 건 아니었다. 여전히 좀 더 부드럽고, 쉽게 씹히는 걸 먹을 수밖에 없었다. 그것도 아니라면 목 넘김이 수월한 쪽을 선택했다, 아버지는.

조선시대 농부처럼 김치 한 가지만 있어도 고봉밥을 드시던 아버지는, 그래서 점점 식사량이 줄었다.

그리고, 주로 막걸리를 마셨다.
그래서, 나는 막걸리가 싫었다.

이 순환의 고리가 싫었다. 회복하려 하면 할수록 이상한 흐름으로 꼬여버리는 이 순환이.

하지만 이제는 싫다, 좋다를 말하지 않는다.

그리고 이제는 안다. 성취하고 싶은 희망이나 욕망을 가지지 못한 사람들에게는 시간에 맞설 수 있는 방법이 그렇게 많지 않다는 걸 말이다. 여러모로 아버지는 시간에 맞설 수 있는 사람은 아니었다. 속수무책으로 아버지는 시간에 져버리고 말았다.

노화는 저마다의 다른 속도가 있기 마련이며, 어느 누구에게는 가혹하리만치 가속이 붙는다는 걸, 나는 아버지를 통해 알게 되었다.

명절, 그리고 아버지

아버지는 병원에 살고 있다. 2020년 12월부터 지금까지. 대학병원과 요양병원을 오가며 두 번의 암수술과 호르몬 치료, 방사선 치료에 이어 현재까지 꾸준히 재활치료를 받고 있다. 우리 가족 모두는 기적처럼 아버지가 아무 도움 없이 혼자서 걷는 날이 오기만을 기다리고 있다. 혼자 걷는 일이 '기적'에 비유될 수 있을 만큼, 우리 가족과 나는 점점 더 많은 희망을 내려놓고 있기 때문이다. 우리가 불효자여서 그런 게 아니다. 현실이, 현재가 그렇기 때문이다.

너, 뭐 먹고 살쪘니?

병원에 입원하면 치료를 잘 받고 곧 몸이 나아 퇴원하게 될 줄 알았는데, 더 많은 병증이 있음을 확인하게 되었다. 새로운 병명이 붙을 때마다 더 많은 치료와 더 많은 투약과 더 많은 검사를 하고 있다. 나을 수 있는 희망 때문에 하는 치료라기보다는 악화되는 것을 지연하는 치료라, 희망을 이야기하기 어렵다. 그래서 이렇게 첨단의 의료 시스템이 있다는 것을 확인만 하고, 환자인 상태에서 벗어나지 못하게 될까 봐, 두렵다. 현재인 상태로 내내 이어지게 될까 봐, 혹은 더 나빠질까봐 두렵다. 살아만 있는 존재로, 너무 오래 고통의 시간을 견디시게 될까 봐 겁이 난다.

그런 중에도, 그럼에도, 기적처럼 아버지가 퇴원해 나와 막걸리 한 잔 할 수 있는 날이 오기만을 기다리고 있다.

상상처럼.

내가 간병할 때면, 아버지는 늘 자기 손을 잡아달라고 청했다. 내가 눈앞에서 사라지면 두려움에 몸을 떨었다.

손을 좀 잡아줘.
손을 놓지 말아 줘.

아버지는 자주 그렇게 말했다. 아버지의 손을 더 오래 잡아드렸으면 얼마나 좋았을까.

그동안 면회도 불가능했는데, 명절이라고 다르지는 않았다. 병원에 가서도 우리 가족은 영상통화를 해야 했다. 간호사가 우리 전화기를 들고 들어갔고, 우리는 병동 복도에서 머리를 모으고 서서 아버지가 휴대폰 안에 나타나기를 기다렸다.

70년대 고교생처럼 두상이 드러나게 머리를 깎은 아버지가 휴대폰 화면에 잡혔다.

자식들이 문밖에 와 있다고 하자, 아버지 얼굴에는 환희에 찬 웃음이 만발했다. 기쁨과, 기쁨과, 기쁨과 기쁨이 더해진, 정말로 행복한 얼굴로 우리의 이름을 불렀다.

얼마나 그리웠을까?

낯선 사람들 속에서 얼마나 많은 감정들을 억누르며 지냈을까.

아버지는 생글생글 웃고 있지만, 나는 코끝이 찡했다.

너, 뭐 먹고 살쪘니?

막걸리와 나

나는 막걸리를 먹으면 자주 취한다. 빈속에 막걸리를 먹은 날이면 거의 100 프로. 낮술이면 200 프로.

아버지는 장수 막걸리만 드셨는데, 나는 장수 막걸리를 좋아하지 않는다.

김포 쌀로 만든 선호 막걸리와 해남의 해창 막걸리를 좋아한다. 두 막걸리는 전혀 다른 맛이지만, 나는 두 막걸리를 선호한다.

선호 막걸리는 깔끔한 맛이 좋아서, 해창 막걸리는 쩐득하고 걸쭉한 단맛이 좋아서 마신다.

흔들어서 가라앉은 것을 섞어 먹어야 하지만, 나는 맑은 술을 먹는 것을 또 선호한다. 첫 잔은 흔들지 않고 마시고, 이후에 흔들어 마시는데, 한 병으로 두 가지 맛을 음미하는 것도 나름 재미있다.

홀로 맞는 명절.

동네 떡집에서 송편 한 팩을 샀고 냉동 동태포를 사서 계란물을 입혀서 살짝 익혀 동태찜을 만들었다. 여기에 맑은 막걸리를 한 잔 걸쳤다.

아버지와 함께 대작對酌을 하는 상상을 해본다. 상상이 현실을 이기는 그날이 오기를 기원하면서, 건배.

이렇게 2021년의 가을, 추석 연휴가 지난다.

나는 막걸리를 좋아한다.

너, 뭐 먹고 살쪘니?

가을비 촉촉하게
내리는 날에는
채소 부침개

가을비가 내린다. 어둑하게 내려앉은 하늘 아래 흩날리듯 빗방울이 날리고 있다. 툭툭 떨어지는 빗물 소리, 잘박잘박 고인 물이 밀려나는 소리를 들으니 문득, 침이 고인다. 어릴 때부터 비 오는 날마다 부침개를 먹어서인지, 이렇게 비가 오는 날이면 부침개 생각이 간절해진다 (나만 그런 것은 아닐 터!).

어디 비 내리는 풍경과 부침개가 비슷한 소리로만 닿아 있겠느냐마는, 보편적이면서도 뿌리 깊게 자리 잡은 이런 연상은 비 내리는 소리와 부침개가 기름 안에서 익어갈 때 나는 지글지글 소리가 닮아 생기는 것이라고 한다.

엄마는 부침개를 참 잘 부쳤다.

나는 엄마가 음식에는 소질이 없다고 생각한 적이 많았다. 그런데 나이가 들면 들수록, 음식을 하면 할수록 그런 생각을 곱씹게 되었고, 종국에는 엄마가 해줬던 음식들을, 엄마의 솜씨를 대단하게 생각하기에 이르렀다.

서른에 셋째 딸인 나를 낳은 엄마는 밥, 반찬은 물론이고, 제사 음식이나 장류, 다양한 간식들까지 직접 만들어 먹였다. 내가 어렸을 때는 손 없는 날 된장, 고추장을 집에서 직접 담갔는데, 나는 꼬박 하루가 걸리는, 장 담그는 과정을 눈으로 보고도 그게 그렇게 대단한 일인지 알지 못했더랬다.

엄마는 부침개도 참 잘했다. 어떤 계량이나 레시피를 따르는 걸 본 적은 없었다. 엄마는 툭툭, 탁탁 손이 가는 대로 음식을 만들었고, 그건 그런대로 맛이 났다. 밀가루에 소금 조금 치고 부추를 넣어 얇게 부치는 부추 부침개는 큰언니의 최애 간식이었다. 청양고추를 꼭 넣어야 제 맛이 나는데, 언니는 지금도 집에만 오면 그걸 찾는다. 그래서 엄마는 명절 때는 물론이고, 언니가 오는 날에는 어김없이 청양고추가 들어간 부추 부침개를 부쳤다. 실컷 먹고도 싸갈 수 있을 만큼 많이.

너, 뭐 먹고 살았니?

이렇게 비가 오는 날이면 엄마는 가스버너를 방에 들이고, 문을 활짝 열어놓고 부침개를 부쳤다. 빗방울이 떨어지는 마당을 간혹 내다보며 한 장씩 부침개를 부쳐냈다. 접시에 오르기가 무섭게 다섯 쌍의 젓가락이 달려들어 순식해버리는 부침개를 부치고 또 부쳤다.

그랬던 엄마도, 어느 순간부터는 요리를 손에 놓았다. 일을 하기 시작하면서 쉽게 사다 먹는 걸 선호하기 시작했고, 손이 가는 걸 최대한 하지 않으려고 했다. 뭘 한 번 먹으려고 해도 시간이 많이 걸려서 무슨 코스 요리를 먹는 기분이 들 정도였다.

엄마는 전처럼 요리를 자주 하지 않는 이유를 힘들고 귀찮아서, 라고 말했다. 항변과 변명 사이 어디쯤에서 발화된 말이었다.

나도 삼십 대까지는 여러 요리들을 배우러 다녔고, 해 먹었다. 하는 족족 재미가 있었고, 사람을 모아 먹이는 게 즐거웠다. 함께 먹어주는 사람이 많으면 많을수록 행복했던 시절도 있었다.

그런데, 언제까지나 그렇게 할 수 있을 줄 알았는데, 그게 그렇지 않았다.

　나는 여전히 잘 해 먹고 있지만, 먹기 위해 시간을 들이는 것에 회의가 많이 든다. 너무 많은 시간이 들고, 너무 많은 에너지를 써야 하기 때문이다. 이런 생각이 든다는 건, 내가 그만큼 에너지가 달린다는 의미겠지. 먹는 건 잘 먹지만, 실제로 만들고 치우고 정리하는 게 점점 귀찮고 힘이 든다.

　그래서, 이렇게 촉촉하게 가을비가 내리는 날이면, 어렸을 때 엄마가 그랬던 것처럼 부침개 한 번 부쳐 먹으면 좀 더 행복해지겠지, 싶으면서도 그냥 비만 바라보고 추억만 되새기고 만다. 추억을 되새기는 어느 중간, 문득 엄마에게 미안한 마음이 든다. 음식이 짜졌다고 타박을 하기도 했었는데, 나는 엄마를 위해 부침개를 한 장 부쳐준 적이 있었던가 싶다. 기억을 탈탈 털어도 그런 순간은 나오지 않는다. 그저 먹기만 했고, 어쭙잖게 품평을 하기만 했었다.

　정말, 누군가의 뱃속까지 걱정해야 하는 삶을, 나는 너무 쉽게 생각하고 살아왔네.

　엄마, 미안해.

마지막 인사를
나누는 자리에는
언제나, 육개장

1차 백신 접종 후 근육통이 좀 심했다. 접종 부위가 뻐근했던 것은 물론, 며칠 동안 왼팔을 쓰는 것도 쉽지 않았다. 1차 접종을 한 지 5주 가까이 되었지만, 여전히 왼팔에는 힘이 덜 들어간다. 이것도 시간이 지나면 괜찮아진다고 하니, 기다릴 수밖에.

오늘 2차 접종을 마쳤다. 생각하기도 싫은 안 좋은 상상은, 하지 않으려 하면 할수록 나를 불안하게 만들었다. 생각이 복잡하거나 산란해지면! 무조건 걷자! 이게 내 신조. 그래서 을지로 4가까지 걸어 나갔다. 방산시장에는 비닐 제작 자영업을 하는 친구가 있고, 우래옥이 있다. 우래옥에 가면 건

더기가 많은 육개장을 먹을 수가 있다. 근간에 내가 먹어본 육개장 중에서 가장 으뜸인지라, 속 든든히 한 끼 먹고서 접종을 맞고자 하는 마음에, 후다닥 우래옥으로 향했다.

육개장이 상에 오르고, 맛있게 건더기를 건져 먹었다. 찰기가 있는 밥을 좋아하기에 밥은 좀 아쉬운 감이 있었으나 이렇게 내용물이 꽉 찬 육개장이라면 대만족이다. 나는 파가 담뿍 들어간 육개장을 좋아하는데, 우래옥 육개장은 파뿐만 아니라 다른 부재료들도 넉넉하게 들어 있다.

육개장을 별로 좋아하지 않았던 때도 있었다. 결혼식보다 장례식을 더 많이 다니게 되면서부터, 조문을 할 때마다 열에 아홉은 육개장을 먹어야 했는데, 나는 그 붉은 국물이 싫었다. 가시는 분이 차려주시는 마지막 밥상이라 최대한 잘 먹고 나오는 것도 예의라 생각하고 꼭 식사를 하고 오려고 하는데, 그때마다 마주한 붉은 국물에 숟가락을 넣기가 쉽지 않았다. 누군가의 죽음과, 누군가와의 마지막 인사가 그 음식과 연결되어 있다니, 이렇게 장중하고 슬픈 음식이 또 있을까.

중학교 3학년 때, 6학년 때 친구였던 J가 세상을 떠났다.

너, 뭐 먹고 살쪘니?

추석 때 닭튀김을 먹고 체했는데, 병원에서 맞은 주사 때문에 쇼크가 왔다고 전해 들었다. 다른 중학교에 배정되면서 차츰 자주 만나지 못하게 되었고, 소식조차도 드문드문한 상태로 중3이 되었다. 우리는 그만큼 시간이 지나오는 동안 조금씩 멀어지고 있었다. 부고를 전해준 것은 J의 동생이었다. 선도부였던 나는 등교 시간마다 완장을 차고 교문 앞에 서서 학생들의 복장 단속을 하곤 했는데, 그때 J의 동생이 내게 다가와 J가 연휴 사이에 떠났다는 소식을 전해주었다. 그때 나는 하늘이 노래진다는 말을 처음 경험했다.

고등학교 3학년 때, 중학교 동창이었던 Y가 하늘나라로 떠났다. Y는 걸스카우트 단장이었고, 나는 청소년연맹 단장이었다. 월등히 걸스카우트가 우위였던 느낌적 느낌이 있었는데, 그래서 나는 Y와 미묘하게 신경전을 벌이기도 했었다. 그런데 고1 때 Y가 백혈병에 걸렸고, 나는 어떻게 해서라도 Y의 치료를 돕고 싶었다. 나는 Y와 같은 A형 혈액형을 가진 친구들을 수소문해서 병원에 데려가기도 했었다. 친한 친구 중 하나가 적합 판정을 받았지만, 부모님의 반대가 심해 도움을 주지 못했다. 누구를 탓하거나 원망할 수 있는 일이 아니라는 것을, 어린 나이였지만 잘 알고 있었다.

Y는 투병 생활 끝에 내가 중간고사를 보던 즈음에 세상을 떠났다. 병원에 다녀오고 며칠 후 이상한 생각에 전화를 걸었는데, 간호사 선생님은 담담한 목소리로 친구가 좀 전에 하늘나라에 갔다고 전했다. 그때 나는 정말 Y가 하늘나라로 올라갔을 거라고 믿었다.

Y는 동대문 이대병원에 입원해 있었다. 지금 그 자리에는 공원이 조성되어 있지만, 나는 그 길을 걸을 때마다 지하철에서 내려 오르막을 올라 본관 현관으로 들어가던 그때의 내가, 내가 만났던 Y의 얼굴이 떠오른다. 독실한 기독교 신자였던 Y가 하나님은 왜 하필 자신을 부르시는 것이냐고 울부짖었던 그날의 병실도 떠오른다. 장례식장에 모여 앉아 낯설게 이야기를 나눴던 스카우트 연맹 친구들의 모습도 선명하게 떠오른다.

서울예대에서 함께 공부했던 M은 군대에서 생을 달리했다. 14미터 높이에서 날개 없이 창공으로 떠올랐던 M의 몸을 받쳐줄 수 있었던 건 없었다. 우리는 각별했는데, 그럼에도 나는 M을 둘러싼 더 가까운 세계에서 오는 여러 가지 아픔들까지는 어루만져주지 못했다.

나는 친구들과 강촌 여행을 갔다 돌아오는 길에 M의 부음을 들었다. 막 춘천을 지나던 즈음, 소식을 전해준 것은 기섭이었다. 입영 전에 모여 환송회를 했던 게 얼마 전의 일이라, 나는 대뜸 "뻥치지 말라"라고 했는데, 기섭이는 내게 "누나 나 이런 걸로 장난 안 쳐요"라며 말을 받았다. 장난이었으면 싶었던 건 내 바람이었을 뿐, M이 떠난 건 부정할 수 없는 사실이었다.

나는 친구들을 서울에 내려주고 곧바로 다시 춘천으로 향했다.

장례를 마치고, 화장장으로 떠나기 전 장례차는 M이 복무했던 춘천 교도대에 들러 한 바퀴를 돌고 나왔다. 나는 어딘가에 섞여 있을 가해자들을 향해 소리를 질렀지만, 우는 소리에 섞여 그마저도 제대로 전달되지 못했다. 장례차를 따르던 내 차 안의 나머지 친구들도 나와 똑같은 모습으로 억억 소리를 토해내고 있었다.

다음 해에 학생회 차원에서 학교 교정에 모과나무를 심었다. M의 이름을 단 나무였다. 친구들은 자주 모과나무를 찾았고, 편지를 걸어두고 오기도 했다.

학교를 졸업하고 몇 년이 흐른 후, 모과나무는 사라졌다. 학교에서 조경 정비를 하면서 같은 수종의 나무들을 모으는 과정에 유실되어 버렸다. 어딘가에 있을 테지만, 몇 번이고 학교를 방문하고 담당자와 만나서 M의 나무를 찾았으나, 끝끝내 찾지 못했다.

나는 친구들 몇과 함께 기섭이 나무 옆에 다섯 그루의 나무를 심었다. 자목련과 살구나무였다. 하지만 2년도 못 가서 새로 심은 나무들마저 죽고 말았다. 비슷한 수령을 가진 묘목이었는데, 뿌리를 내리지 못하고 바싹 말라버린 것이었다. 그때 나는 어떻게 해도 안 되는 것이 있다는 걸, 인정해야만 했다.

기섭이가 떠난 날은 무척이나 추운 겨울날이었다. 나는 꽝꽝 얼어붙은 눈길을 걷듯, 뛰듯 지치며 기섭이에게로 향했다. 위독하다는 말이, 돌연 다른 말로 돌아왔을 때, 가슴에서 무언가 툭, 하고 떨어져 버렸다. 원래도 눈물이 많은 편인데, 그때는 정말 내내 오열을 했다. 미안함과 그리움이 사무쳤다.

나는 친구들과 화환 하나 없는 장례식장에 하나둘씩 화

너, 뭐 먹고 살았니?

한을 들였다. 회사에서 보내준 꽃바구니가 너무 궁색해 보여 화를 내기도 했다. 그러면서도 기섭이가 차려준 마지막 식사를 해치웠다. 그런 와중에도 밥이 들어가는 게 소름이 끼칠 정도로 서글펐다.

'신춘병' 앓던 시절이 있었다. 1년 동안 매 달, 새 단편소설을 쓰고 친구들과 합평을 하면서 12월 신춘문예 마감을 기다리던 시절. 처음 내 단편소설이 최종심에 올랐던 건, 세계일보 신춘문예였다. 최종 심사는 김윤식 선생님과 서영인 선생님이 하셨는데, 내 소설이 최종심사 후보에 오른 것이었다. 선생님들께서 내 글을 읽어봐 주신 것만으로도 나는 충분히 행복했다.

몇 번을 더 최종심에 오르고도 나는 당선의 기쁨을 누리지 못했다. '신춘앓이'는 그러고도 몇 년 동안이나 이어졌다. 과연 끝이 있을까도 싶었지만, 뒤로 돌아가는 건 하지 않기로 했다.

등단을 하기 전부터 들었던 말이 있다. 김윤식 선생님은 세상의 모든 핏덩이들의 글을 다 읽으신다는 말이었다. 언젠가는 선생님께서 내 글을 읽고 월평을 써주시는 날이 오리라, 기대하며 나는 글쓰기에 매진했다.

7년의 습작기를 거치고 나는 민음사의 계간지 신인상 공모에 당선되어 등단을 했다. 쉽지 않은 여정이었지만, 등단을 함으로써 나는 내가 원하는 작가의 삶으로 진입할 계기를 얻게 되었다. 작가로서의 재능이 뛰어나서가 아니었다. 순전히 포기하지 않았기 때문에 얻은 결과였다.

등단을 하고도 나는 주목받는 작가가 되지는 못했지만, 가끔 발표하는 나의 단편소설을 꼭 읽어주는 분이 계셨다. 김윤식 선생님. 특히 「아오리를 먹는 오후」는 여러 번 언급을 해주셨는데, 소식을 전해 들을 때마다 가슴이 벅차올랐다. 엔솔로지나 심사가 아닌 발표된 내 글을 읽고 언급해주는 비평가는 선생님이 유일했다. 적어도 내가 알기로는 말이다.

나는 친구의 신춘문예 시상식장에서 선생님을 한 번 뵌 적이 있었다. 그게 전부였다. 이후에 내 소설의 월평을 읽고서 손편지를 써서 선생님께 감사의 인사를 드린 적이 있는데, 그뿐이었다.

나는 선생님의 장례식장에 혼자 갔다. 문단 안에서 보면 모두가 다 제자일 테지만, 나는 직접적으로 선생님께 배운 적 없는 사람이었다. 직접 대화를 길게 나눠본 적도, 식사 한

너, 뭐 먹고 살겠니?

번 한 적 없는 사람이지만, 조문은 마땅히 가야 한다고 생각했다.

영정 사진을 보고 절을 올렸다. 가장 나를 애정 어리게 읽어봐 주던 큰 독자를 잃은 마음을 주체할 수가 없었다. 선생님의 제자들이 상주 자리를 지켰는데, 그분들 역시 문단의 선배이고 선생님이셨다. 선생님의 글을 정리하던 중에 내 이름을 여러 번 보았다고, 실제로는 처음 만난다고 인사를 건네기도 했다.

나는 홀로 자리를 잡고 앉아 식사를 했다. 눈물이 자꾸 떨어졌지만 선생님이 차려주신 밥을 꼭꼭 씹어 잘 삼켰다. 속이 든든할수록 쓸쓸함이 찾아들었다. 그래도 조문 오기를 참 잘했다고, 생각했다.

가까운 이가 어느 날 홀연히 사라지는 것을 기억하는 음식, 육개장. 한 번에 많이 끓여서 오래 보관할 수 있어서, 충분한 영양을 제공할 수 있어서, 붉은빛이 도는 국물이 액운을 막아준다는 의미가 있어서 장례식장에서는 육개장을 내놓는다고 한다.

가시는 분이 차려주는 마지막 밥상. 마지막 이후에도 '안녕히'를 기원하며 붉은 국물을 떠먹는다.

나는 당신들을 기억한다. 그리고 추억한다. 그 추억으로
오늘을 산다.

너, 뭐 먹고 살쪘니?

당신은
나의 연예인
급식과 급체 사이

당신은 나의 연예인 1

나는 배우 정우성을 무척이나 좋아한다. 그를 좋아할 수밖에 없는 이유들을 열거해 봤는데, 내 글을 들여다보고 있자니, 나의 오묘한 팬심을 글로 표현하는 것이 더 궁색해 보였다. 해서 구구절절은 패스!

사실 좋아하는데 무슨 말이 더 필요한가? 말로 정의되는 그 순간, 그 이유는 싫어하는 이유가 되기도 하므로. 아무튼! 말이 필요 없는 우성님. 당신은 나의 연예인.

나는 정우성과 몇 개의 사소한 교차지점을 가지고 있다. 우선, 그와 나는 초등학교(옛날 국민학교 시절) 동문이다. 그와

나는 세 살 차이니까 우리는 최소 3년간은 같은 학교를 등
하교했던, 기억하지 못했을 뿐이지, 몇 번이고 마주쳤을지도
모르는 사이다. 멀지 않은 동네에 살았을 것이고, 남보다 가
까운 하늘 아래서 같은 공기를 마시면서 살았을 것이다 (이
봐! 말하자니 좀 구차해지려고 해. 하지만 사실이다).

작가가 되고 난 후, 나는 실제 그와 몇 번 마주치기도 했
다 (사실, 꽤 복잡한 인연을 짚어가야 하는 문제이긴 하다. 사돈의 팔촌의
남편의 동생의 친구라는 식이 될지도 모르겠으나, 우선 고고). 그 짧은
스침은 실로 경험하기 힘든 영적인 체험이었다. 먼저 이 이야
기는 절대 과장이 아니라는 걸 밝혀둔다.

나는 우연한 기회로 영화 〈아수라〉의 촬영장을 방문할 기
회가 있었다. 마지막 신을 촬영하는 날이었고, 영화를 본 사
람들은 다 알겠지만 그 장엄한 마지막 장면을 위해서 꽤나
공을 들이고 있는 순간, 내가 이천 세트장에 도착했던 것이
었다. 동행했던 홍 감독은 한예종에서 내 수업을 들었던 청
강생이었는데, 원래 판사 출신의 변호사였고, 〈아수라〉의 법
률자문을 한 사람이었다. 덕분에 나는 귀한 자리에 함께 할
수 있었다.

너, 뭐 먹고 살았니?

그런데 그날은 아침부터 급체를 해서 도저히 움직일 여력이 없었다. 게다가 이천까지 내려가는 게 너무 멀게만 느껴졌다. 그럼에도 마지막 촬영 현장이라 다음 기회가 없다는 말에 부실한 몸을 끌고 이천행에 함께했다.

현장에 도착했을 때, 현장 진행 담당자가 그날의 분위기에 대해 잠깐 언급해줬다. 내가 감히 까불 수 있는 분위기가 아니었다. 사인도 받고 싶고, 사진도 찍고 싶었지만, 낄끼빠빠해야 한다는 생각이 들어 참았다. 무엇보다도 급체했던 속이 부대끼기도 해서 그랬다. 나와 홍 감독은 멀찍이 떨어져서 한도경으로 분한 정우성의 마지막 절규를 가만히 지켜보았다. 세트 전체가 어둑해서 다른 배우들도 잘 보이지 않는 상황이었지만, 단 한 사람, 빛이 나는 사람이 있었다. 알수 없는 아우라가 정우성의 머리 위로, 몸 전체로 띠를 이루었고, 그 모습을 본 순간, 명치를 꽉 내리누르고 있던 체기가내려갔다. 존재 자체로 병을 치료할 수 있다는 말을 나는 그날 몸소 체험한 것이었다. 이렇게 몸소 경험한 신비를 우리는 보통 신앙이라고 한다지.

점심시간이 되고, 우리는 김성수 감독님과 함께 촬영장에차려진 음식을 떠서 간이식당에서 식사를 했다. 김성수 감독

님은 드니 빌뇌브 감독의 〈시카리오, 암살자들의 도시 2015〉
를 언급하며 영화의 문법에 대해 이야기를 했고 홍 감독과
나는 수업을 듣듯 그 이야기를 경청했다. 내가 특히나 좋아
하는 감독 드니 빌뇌브였으니!

나는 촬영장 급식은 처음이었는데 체기가 내려가고 난 후
라 맛있게 먹을 수 있었다. 재밌는 영화 이야기에, 우성 배우
의 잔상을 되새김질하며 오물오물 야미야미.

나는 이 일화를 KBS 1 라디오 〈주말 생방송 정보쇼〉에서
영화를 소개하는 코너 중에 이야기한 적이 있었다. 우연히
라디오를 들은 지인들이 미친 거 아니냐고, 빵 터졌다고, 음
식을 먹다 뿜었다고, 메시지를 보내왔다. 누구라도 즐거웠다
면 다행이야.

이후에도 몇 번 영화 시사회 등에서, 그것도 아주 가까운
거리에서 정우성 배우를 스친 적이 있다. 손만 뻗으면 닿을
것 같았는데 내 몸은 누군가 '얼음'을 걸어 놓은 것처럼 움직
이지 않았다. 강직성 부동화. 소리도 못 내고, 움직이지도 못
한 채 서서 그가 지나가는 것을 보고 있기만 했다. 마음이
크면 클수록 몸이 더 안 따라준다는 걸 또다시 확인하는 순
간이었다.

나는 상상한다. 내가 쓴 시나리오가 영화가 되어 상영되는 것을. 그보다 먼저, 내 시나리오를 읽고 인물 분석에 고심하는 우성 배우를.

언젠가는 그런 날이 오겠지?

(진짜 오게 될지도 몰라, 기적)

당신은 나의 연예인 2

이효리는 우리집과 골목 하나 차이가 나는 곳에 살았다. 거리상으로는 뒷집이지만 골목으로 나뉘는, 우리집은 축대 위에 지은 집이었고, 효리네 집은 아래쪽이었다.

효리네도 우리집처럼 형제가 많았는데, 효리의 바로 위 언니는 나와 같은 중학교를 다녔다. 물론 그게 다다.

효리는 길 건너 사립고등학교에 다녔고 나는 그보다 좀더 떨어진 신생 공립고등학교에 다녔다. 나는 가끔 하굣길에 그녀와 마주치곤 했다. 우리집과 효리네 집으로 골목이 나뉘는 삼거리 호돌이 슈퍼 앞에서, 나와 효리는 스쳐 지나갔다. 그녀는 나를 알 길이 없었을 테지만, 난 한눈에 들어오는 오밀조밀하고 시원한 이목구비에 홀리듯 시선을 빼앗기고 말왔다, 매번.

목이 돌아갈 때까지.

두 해 전, 나는 프랑스에 사는 친구들을 위해, 술잔과 접
시 등을 직접 만들기도 했는데, 애니콜 모델로 데뷔한 이세
나 배우가 나의 도예 선생님이었다.

그릇을 빚고 두 주 후에 가마에서 꺼낸 그릇을 찾으러 갔
을 때, 나는 수업을 받고 있던 성유리와 우연히 마주쳤다. 핑
클의 성유리라니!

텔레비전을 통해 오랫동안 보아와서인지, 인사를 나눈 후
에 너무 편하게 대화를 이어갔다. 나는 마치 큰 자랑이나 되
는 것처럼 이효리와 한동네에 살았던 이야기도 했다. 누가 들
었으면, 어린 시절 함께 고무줄이라도 한 줄 알았을 것이다.

어이없는 내 말에도 친절한 유리 씨는 핑클 시절 숙소 생
활을 안 하고 차로 멤버들 집을 돌면서 픽업하곤 했다면서,
우리 동네 비디오 가게도 자주 왔었다고 내 시답잖은 말에
도 대화를 이어줬다 (핑클 포에버!).

당신은 나의 연예인 3

서울예대 다닐 때 영화과 수업을 들었던 적이 있었다. 젊

너, 뭐 먹고 살쪘니?

고 쾌활했던 P교수의 영화제작 수업이었는데, 겁도 없이 영화과 전공 수업엘 들어간 것이었다. 수강신청을 변경할 수도 있었는데 나는 그렇게 하지 않았다.

그 수업에는 내 눈이 시릴 만큼 눈부신 한 아이가 있었다. 샤기 컷에 뽕을 줘서 한껏 부풀린 머리를 하고, 날렵한 귀가 신비스럽게 느껴졌던 아이, 바로 배우 이준기다.

준기야, 누나 기억하니?

영화제작 수업은 03학번 수업이었고 내가 알기로 준기는 01학번이었다. 가끔 수업 시간에 조는 모습을 보기도 했지만, 그런 모습마저도 나는 신비로웠다.

나는 수업 내내 준기를 보는 낙으로 영화제작 수업에 참여했다. 가끔 준기가 오지 않는 날이면 그렇게 서운할 수가 없었다.

학기말, 과제를 제출하기 위해 우리는 P교수의 방 앞에 줄지어 서 있었다. 언제 왔는지 준기가 후배들을 물리고 내 앞에 와 있었다. 나는 자기네 과 사람도 아니고 평소 말을 섞은 적도 없으니 어색하고 불편한 건 당연했다.

그런데, 준기가 내게 말을 걸었다.

"누나, 저 일이 있어서 그런데 먼저 내고 가면 안 되나요?"

나는 그저 홀린 듯 준기를 쳐다봤다. 내가 부끄러운 기색을 감추지 못하고 눈을 내리깐 채 우물쭈물 하자, 준기는 다시 이렇게 말했다.

"그럼 우리 하나 빼기 해요."

그리고, 자연스레 내 손을 잡고 끌더니, 두 손에 리듬을 실었다.

준기의 두 손에 잡히는 순간, 내 머릿속의 퓨즈는 끊어졌다. 거의 모든 것을 생생히 기억하는 나이지만, 그 이후의 기억은 흐물흐물 사라지고 없다.

어찌어찌 해서 과제를 제출하고 우리 과가 있는 다동으로 돌아온 나는 그 순간의 기억을 친구들과 나누며 손을 씻지 않겠다고 맹세를 해보였다. 그 말을 하는 중에도 손이 떨렸다.

너, 뭐 먹고 살렸니?

준기야, 기억하니? 네가 하나 빼기 하자고 그랬잖아. 언제고 만나면, 이번엔 내가 하자고 할게.

당신은 나의 연예인 4

나는 2013년에 직접 쓴 희곡을 무대에 올린 적이 있었다. 한예종과 성북문화재단이 주관하는 아트플랫폼에 선정된 덕분이었다. 조연출도 한 번 해본 적 없던 나는 용감무쌍하게도 연극 전체를 상연하기로 마음을 먹었다. 이때가 아니면 언제 할까 싶어서였는데, 나는 지금도 그 결정을 정말 대견하게 생각하고 있다.

3인극이었던 〈장미정원〉은 내가 동원할 수 있는 인력을 총동원해서 만들었다. 연극에 맞는 음악을 작곡해준 U선배, 영상을 해결해준 친구A, 포스터를 디자인해 준 것은 지인의 남편이었다. 배우부터 무대, 객석지원까지 모두 학교 선후배들과 동기, 친구들의 도움을 받았다. 연극을 보러온 수많은 지인들은 말할 것도 없고.

나는 연극 마지막에 실제 나비를 무대 위로 날렸는데, 그 마지막 장면을 위해서 매일 함평에서 나비를 공수해왔다. 연극 안에 실제의 곤충이 날아다니는 게 반칙이었다고 말하는 선생님도 있었지만, 나는 그 장면이 필요하다고 생각했고,

그 생각은 지금도 변함이 없다.

〈장미정원〉 희곡에는 홍주와 화연, 그리고 범준이 나온다. 세 배우의 교차하는 관계를 보여주는 게 중요한 극이었다. 홍주를 만들면서 나는 자주 서영화 선배를 떠올렸다. 선명하고 분명하게 전달되는 목소리를 상상하며 대사를 완성해 나갔다.

배우를 섭외해야 하는 때가 되었고, 나는 또 겁도 없이 선배에게 역할을 제안하기까지 했다. 일면식도 없던 내 연락에 선배는 기꺼이 만남에 응해 주었다.

나는 평창동 스타벅스에서 선배를 처음 만났다. 사람이 이렇게 환하고 깊이 있게 에너지를 뿜어내기도 하는구나 싶은 생각이 들었다. 배우가 가진 아우라가 무엇인지 조금은 알 것 같기도 했다.

선배는 정중하게 내 제안을 거절했다. 아쉬웠지만 어쩌면 다행한 일이었다. 너무나 부족한 희곡이었고, 나는 연극 연출 경험도 없던 터였으니까.

연극이 상연되었을 때, 선배는 관객으로 내 연극을 보러 왔다. 연극을 다 보고 나오면서 선배가 내 머리를 쓰다듬어 줬던 그 순간을 나는 잊지 못한다. 목소리만큼 선명했던 눈동자가 아직도 선하다.

너, 뭐 먹고 살았니?

나는 지금도 서영화 선배를 생각하며 글을 쓸 때가 있다. 소설 속의 인물이 된 적은 없으나, 표정이 되고 감정이 만들어지는 순간에 번뜩 내게 왔다 간다. 여러 가지 문장으로 잔상이 남는다.

이 글을 쓰는 이 순간에도 나는, 나의 글에, 나의 문장에 대입해 상상했던 배우가 나와 닿아 있다는 것만으로도 가슴이 벅차오른다.

그랬다. 따지고 보면 너무나 사소하지만, 나에게만은 강렬한 인연. 나는 왠지 모르게 그 인연들에 대해 더 깊이 상상하고 더 따뜻한 마음을 가지고 있다.

조금은
넘쳐도 괜찮아,
결혼식이라면

　한글날, 두 건의 결혼식이 있었다. 두 결혼식 모두 나에게
는 특별했다.

　내가 만남을 주선한 제자 커플의 결혼과 한예종 입학 당
시 조교였던 J의 결혼식. J의 남편 K는 잠시 내게 시나리오
쓰기를 배우기도 했었다. 네 사람 중 세 사람이 내게서 수업
을 들었던 사람이고, 한 사람은 내가 학교를 잘 다닐 수 있
도록 정말 많은 도움을 줬던 사람이었으니, 나는 두 결혼식
모두를 챙기지 않을 수 없었다. 다행히 오전과 오후로 시간
이 달랐기에 부지런히 두 예식을 챙길 수 있었다.

특히 오전에 있었던 제자들의 결혼식에서 나는 축사를 하기까지 했다. 주례사도 없는 결혼식에 축사라니. 나, 이래도 되는 건가 싶었지만, 나에게도 의미 있는 시간이었으니 부끄럽지만 축사를 준비했다.

근사한 옷을 사려고 백화점에 몇 번이나 갔지만 새 옷을 사지 못했다. 제자들이 큰맘 먹고 옷 한 벌 해 입으시라고 백화점 상품권을 어마어마하게 준비해줬지만 한 장도 쓰지 못했다. 그 상품권으로 무언가를 사려고 하는 것 자체가 어려웠다. 우선 내 몸은 기성복 사이즈에 애매하게 짧거나 쩠거나 두터웠다. 다행히 그런대로 괜찮아 보이는 것도 있었는데, 그건 입어보는 것만으로 의미를 둘 수밖에 없는 가격이었다. 진작 살을 좀 뺄둘 걸 하는 공연한 후회를 하면서도 나는 지하 푸드 코너에 들러 세일하는 떡을 부지런히 담아 두 팩을 만들었다. 입기보다 먹기를 택하겠어! 물론 자포자기는 아니었다.

집에 돌아와서 옷장을 뒤지는 동안 사놓고 상표도 떼지 않은 정장이 두 벌이나 있다는 걸 알게 되었다. 시즌이 끝나갈 때 좀 싸게 사두었던 것인데, 딱 이 계절에 알맞은 두께였다. 그 중 검은 재킷은 어디에도 잘 어울리니, 무난하게 이걸 입으면 되겠다 싶었다.

옷 걱정을 끝내고 나니 머리가 또 걱정. 소 혀가 핥고 간 것처럼 뒤집어지는 앞머리를 가졌지만, 나는 웨이브 스타일을 좋아한다. 1년에 한 번 정도는 웨이브 펌을 하는데, 다시 펼 때는 머릿결이 거의 아작이 나 있다고 봐야 한다. 어떤 좋은 미용실에 가도, 어떤 기술자가 와도 염색과 펌을 번갈아 하고 있는 상태라 매번 머리가 상했다는 말을 듣고 있다. 머리숱도 많이 빠졌고, 윤기도 없는 푸석푸석한 머리칼이지만, 그래도 힘을 줘야겠기에 미용실에 가서 머리를 펴고 왔다. 여름 내내 펌을 했던 머리칼을 거의 다 잘라내야 했다. 그렇게 잘라냈어도 머리칼 끝단은 엉망이었다.

결혼식 전날엔 염색까지 마쳤다. 물론 염색은 내가 했다.

며칠 많이 움직였고, 식사량도 좀 조절했다. 재킷을 입을 때 너무 꽉 끼면 안될 것 같아서였다.
남의 결혼식에 이렇게 긴장이 된다니, 참.

한 달 전 즈음 청첩장과 카드를 들고 제자 D와 J가 대학로로 나를 만나러 왔었다. 우리는 '디마뗴오'에 가서 식사를 하며 이런저런 이야기를 나눴다. 결혼식에서 서로 울지 않기로 약속을 했고, 축사를 어떻게 할지, 대강의 이야기를 나눴다.

그때만 해도 곧 그런 날이 올까 싶었는데, 금세 시간은 흘러갔다.

신랑 신부가 된 D와 J가 서로에게 편지를 읽어주는 시간. 나는 오열을 하고 말았다. 신부인 J가 D에게 더 이상 파도가 무섭지 않은 건 오빠라는 방파제를 만나서라고 이야기하며 눈물을 흘렸는데, 나는 그 마음을 충분히 알고 있었다.

이어 나의 축사 시간이 돌아왔다. 이미 내 얼굴은 너무 벌겋게 상기되어 있었고, 아침 일찍 일어나 오랜만에 곱게 펴바른 파운데이션도 다 지워져 버렸다. 나는 약간은 코가 맹맹해진 상태로 축사를 시작했다.

수많은 사람들 앞에서 강의를 할 때도 이렇게 떨린 적이 없었는데, 나는 전에 없이 긴장하고 말았다. 그런데도 그 와중에, 하객을 향해서 내가 너무 울어서 몰골이 말이 아닌 것에 양해를 구하며, 무척이나 긴장하고 있으니 박수를 쳐 주시겠냐고, 그러면 용기를 낼 수 있을 것 같다는 말을 하기까지 했다.

하객들은 기꺼이 박수를 쳐주었고, 나는 감히 주제넘게 이 많은 분들 앞에서, 이 아름다운 청춘을 위한 축사를 읽겠노라고, 떨리는 음성으로 준비해간 축사를 읽어나갔다.

그렇게 많은 결혼식을 쫓아다녀 봤는데, 이 결혼식의 하객들만큼 귀 기울여 듣는 경우는 보지 못했다. 야외 식장에서 진행되는 와중이었는데도 주변의 새소리 외에는 어떠한 잡음도 내 목소리를 훼방 놓지 않았다. 가끔 박수를 쳐 주거나 웃어주며 내 목소리에 호응을 해줄 뿐이었다.

그렇게 1부 순서를 마치고, 식장 안에서 식사를 하며 축가를 들었다. 축가는 J의 동생 N이 맡았다. N은 두 곡의 사랑 노래를 불렀는데, 아직 목소리가 굵어지기 전의 미성으로 두 곡을 멋지게 소화해냈다. 내가 노래 정말 멋졌다고 칭찬을 하며 엄지를 척 내보였더니, 쑥스러운 표정을 지으면서도 그만큼 준비를 많이 했노라고 씨익 웃어 보였다. 나도 좀 더 연습을 했었어야 했나. 아무렴, 이미 지나간 걸.

밀가루를 안 먹고 있었지만, 이 날만은 코스로 나온 잔치

너, 뭐 먹고 살았니?

국수를 남기지 않고 다 먹었다. 이 아름다운 아이들이 오래 오래 함께하기를 기원하는 마음을 담아서.

앞으로 내가 D와 J에게 할 수 있는 일이라고는, 고작 응원을 보내는 것밖에 없을지 모른다. 하지만, 나는 앞으로도 내내 응원과 사랑을 멈추지 않을 것이며, 자주 함께 밥을 먹고, 정치적인 의견과 문학과 사회 전반에 걸친 이야기들을 공유하며 지낼 것이다. 지금까지 그래왔던 것처럼.

사랑한다. 그리고 내 심장에 가까운 말들을 담아 너희의 앞날을 축복한다.

너, 뭐 먹고 살쪘니?

나는 오늘도 '브런치'에 글을 쓴다.

처음 브런치 작가를 신청했던 이유는 아주 단순했다. 『좌파 고양이를 부탁해』의 출간을 앞두고 홍보가 될 수 있는 온라인 페이지를 하나라도 더 확보하기 위해서였다. 브런치 페이지는 다음 베이스의 검색에서 확실히 효과가 있다고 들었고, 나도 그런 효과를 누리고 싶었다.

그렇게 시작된 브런치 작가 활동은 새로운 콘텐츠를 만드는 과정으로 이어졌다. 나는 드라마나 영화 리뷰를 하나씩 써보기도 했다. 내 책 홍보 글도, 나와 함께 살고 있는 고양이 아담과 바라에 대한 글도 썼다. 이렇게 몇 개의 글을 발행하고 나니, 연재를 하고 싶다는 생각이 차올랐다.

나는 오래 전부터 내 추억 속의 음식 이야기를 하고 싶었는데, 그걸 한 꼭지씩 연재하기로 마음먹었다. 제목은 〈너, 뭐 먹고 살쪘니?〉로 정했다. 내가 나에게 묻는 질문이었지만, 살집이 있는 내 몸을 긍정하고, 내 기억과 추억을 현재에 부려놓는, 게다가 그때의 음식과 지금의 음식을 연결하는 글이라 쓰는 내가 더 즐거웠다. 나는 웹 페이지를 활용하는데 능숙한 사람은 아니라 여러 번의 시도를 거쳐야 했지만, 브런치 플랫폼은 나처럼 서툰 사람들이 무언가를 쓰고 발행하는데 어려움이 없도록 잘 세팅이 되어 있어서 차츰 내 연재도 안정이 되어 갔다.

그리고 〈너, 뭐 먹고 살쪘니?〉는 내가 세상에 내놓은 것들 중에서 가장 많은 독자를 만난 콘텐츠가 됐다. 연재한 꼭지 중 내가 글을 쓰며 살 수밖에 없었던 일들을 적은 '인생라면'은 10만에 가까운 조회 기록을 달성했고, 꽤 오랫동안 다음 DAUM 메인에 머무르기도 했다. 이 어마어마한 기록은 내 평생 도달하지 못할 숫자라고 생각했었는데, 브런치를 통해 경험하게 되었다.

지난 해에는 주중에는 대학 강의가 있었고 주말에는 간간이 특강이나 북 토크가 있었다. 아버지 병간호 때문에 병원과 집을 오가는 일정도 많았다. 병원에 들어가기 위해서는 코로나 검사를 해야 해서 나는 열두 번이나 코로나 검사를 받았다. 물론 늦어졌지만, 그 와중에 여름 출간을 목표로 에세이도 집필했다. 그렇게 쉴 새 없이 해야 할 것들이 계속, 계속 이어지고 쏟아지는 중에도 나는 브런치 연재를 이어갔다. 브런치 연재를 최우선 순위의 과제로 두고 있던 건 아니었지만, 나는 연재하는 것에 꽤나 적극적으로 임했던 것이다. 누가 시켜서도 아니고, 당장 어떠한 물질적인 보상이 이뤄지는 것도 아닌데 말이다.

나는 〈너, 뭐 먹고 살쪘니?〉를 연재하는 게 무척이나 즐거웠다. 글을 쓰는 동안은 그 어떤 피로나 슬픔도 나를 흔들지 않았다. 온전히 나는 내 머릿속에 떠오른 것들을 써내려가는 것에만 집중했다. 한 꼭지를 다 써서 브런치 페이지에 발행까지 하고 나면, 머리끝까지 탄산이 터져 올라오는 것처럼 온몸이 저릿해왔다. 말로는 다 표현할 수 없는 이 쾌감은 그 어떤 보상과도 비교할 수 없는 것이어서, 나는 1년에 걸쳐 연재를 이어갔던 것이다.

너, 뭐 먹고 살쪘니?

나는 글 쓸 때 가장 생생해진다. 글 쓰는 순간순간 머릿속에 섬광이 지나가는 걸 느낀다. 그 느낌을 안고 살아갈 수 있어서 가끔은 발끝이 들리는 쾌감 속에 빠지기도 한다. 매체의 에디팅을 거치지 않고도 이렇게 독자와 직접 만날 수 있는 시스템이 있어서 감사하게도, 나는 호모 스크리벤스 Homo Scribens (라틴어로 글 쓰는 인간)로 살아갈 수 있다.

나는 오늘도 브런치에 글을 쓴다.

　연재를 하는 동안 나의 가장 완벽한 친구, 고양이 아담이
세상을 떠났다. 내 몸의 반이 떨어져 나간 기분이었다. 아니
그보다 더했다. 병치레 없이 지냈던 아담은 두 번의 비명을
지른 후에 내 손바닥 위에서 숨을 거뒀다. 간단하고 쉬운 이
별은 없기에, 한동안은 정신을 놓고 지냈다. 그럼에도 불구
하고 나는 잘 먹고, 잘 지냈다. 사는 게 순간순간 징글징글
하게 느껴질 때도 있었지만, 배가 고팠고 잠이 왔다. 살아 있
다면 먹는 건 숙명이니까. 산 자는 산 자의 몫이 있고, 어쩌
면 그건 먹는 것인지도 모른다. 그런 식으로 나는 먹고 있는
나 자신을 합리화하며 지냈다.

나는 아직도 애도 기간 중에 있다. 아담이라는 이름을 들으면 금세 코끝이 시큰해지고 눈물이 쏟아진다. 시간이 해결해줄 것을 믿고 있지만, 매일이 쉽지 않다. 나는 이 또한 문장으로 옮기고 고치며 지내고 있다. 다시 읽어도 아무렇지도 않은 문장을 쓸 때까지 계속 쓰게 되겠지.

이 산문집 역시 내가 가진 기억에 대한 애착이며 애도이다. 나는 글로써 내 불완전했던 삶의 부분들을 조금이나마 보전하며 지내고 있다. 쓰고, 고치는 순간들을 통해 나는 좀더 나를 더 이해하게 되고, 나의 감정, 다른 이들의 감정을 떠올리고 있다. 그리고 그 수많은 감정들을 통해 보다 풍부한 삶을 살고 있다.

책을 세상에 내기까지 참 많은 분들의 도움을 받았다. 먼저 일면식도 없던 내가 불쑥 추천사를 부탁했을 때, 흔쾌히 수락해주신 고기리 막국수 김윤정 대표님께 감사의 말씀을 드린다. 사람이 사람에게 할 수 있는 '진심'과 음식에 마음이 깃들어 있다는 당연한 '원칙'을 다시금 되새기게 해주셨다. 감정이 풍부하다 못해 지나치고 치우친 저자를 챙기느라 오래도록 고생하신 김정한 대표님, 그리고 디자인을 맡아 이끌어준 전병준 실장님께도 고마움을 전한다. 이 한 권의 책이 세상에 나오기까지 브런치 연재를 이어갈 수 있도록 구독해주신 구독자님들께도 감사의 마음을 전하고 싶다.

　그리고 내 글 속에 등장하는 나의 사람들에게, 넘치는 사랑과 고마움을 전한다. 내가 지금의 나일 수 있도록 내 빗장뼈 안으로 손을 넣어 내 가슴을 어루만져준, 소중한 나의 사람들. 나는 지금까지 그랬던 것처럼 나의 사람들과 지내왔던 기억들로 또 앞으로의 시간을 살아낼 것이다.

2022년 2월
김봄

너, 뭐 먹고 살았니?